米川明
烏綠

Since 1743

CONTENTS

Komische oper.

Dritter Aufzug: Capriccio

- Komische Oper -

FÜNFTE AUFZUG: ALLHEILMITTEL UND LIEBE

Act Five
愛情靈藥

歌劇之城的黎明，總是比其他城市來得特別早。

天色初亮，一道由太陽女神恩賜的曙光，劃破籠罩歌劇之城的晦暗，遮蔽視線的濃霧，則在雞鳴輕響時，在清新的薄光中化為消散的幻影。

攪動晨光的微風，融化於冰冷的空氣，為嚴酷的冬日增添一絲寒冷。人們無法抵抗寒冬，一如凋零的花草植物，在嚴寒的天空底下震撼地顫慄。

此刻，城內外的所有鐘聲齊鳴，驚醒城內的全體市民。

他們離開溫暖可愛的家，關上大門，聽見城內不斷響起的喇叭聲，在那些身穿紅

襖的士兵引導下，走向通往城市廣場的各條街道。

這一天，對歌劇之城的居民而言，是一個盛大的日子。

一個星期前，這個國家威儀赫赫的皇帝陛下舉行了祭典儀式，揭開一年一度，為期一個月的狂歡節。

科米希這個盛產歌劇的文化城市，將在這個盡情歌舞的盛會中，由守城的衛兵打開深鎖的城門口，熱烈歡迎由附近城市、甚至從其他國家遠道而來的人們，邀請他們一同享樂。

不過，能夠成為圍擠在廣場，見證狂歡節揭幕的市民爭相談論的話題之人，必然不是什麼簡單人物。

好比說，有個外國雜耍團在數天前應邀前來參加這個盛會，住在結掛各色豪華帷幔的使館，為歌劇之城帶來與一般節慶格外不同的氣氛。

他們披掛盛裝，帶來獨特的異國民族氣息，穿著五顏六色的羽毛衣飾招搖而至，以吵鬧粗俗的氣質吸引大批市民的目光。不管男女老幼，一律被他們俗艷的裝扮吸

引，深深不可自拔。

這時候，廣場四處擠滿人，市民們睜大好奇的目光，觀賞廣場遊行的盛大景象。廣場被前來參加盛會的群眾擠得水洩不通，負責維持秩序的衛兵將人群左右隔開，留出足夠令各國使節、貴族，以及各式各樣的表演團體進出的寬敞通路。

「今年的狂歡節似乎不太一樣。」一個市民眺望著通過廣場的雜耍團，興奮地說著。

另外一個市民回答：「我也聽說了，這次還同時慶祝某位男爵千金的婚禮，請到了據說從遙遠的東方國度而來的特技表演團。」

「真是別出心裁的安排啊！不過，這個表演團和之前獲邀的團體，究竟有何不同呢？」

當第一個市民正要回答這個問題，此時卻有許多市民激動地朝前方推擠過去，口中紛紛嚷嚷著。

「快點看那邊！有一隻巨大、壯觀、雪白的動物。我敢說這座城裡，從來沒人聽

過牠的叫聲，那究竟是什麼動物啊？」

「牠長得又高又壯，足足有三層樓這麼高，頭頂和背上都覆著鑲有珍珠與黃金的毯子，連牠的四隻腳踝，也都戴著金環……這麼威風的動物，想必就是狂歡節的主角吧！」

「牠看上去不但威風堂堂，還毛茸茸的可愛極了！看牠長著一對招風的大耳朵與奇特的長鼻子，雪白色的柱形尖牙，都讓人捨不得把視線從牠身上移開！」

市民們眼中的雪白色巨獸，緩慢地踏著腳步，當牠聽見人們對牠的讚譽聲，於是驕傲地抬起鼻子，趾高氣揚的發出渾厚的吼聲。

分別站在廣場兩邊，圍觀遊行的民眾見狀，不由得紛紛鼓掌叫好，更讓歡慶的氣氛達到最高點。

有人對未見過的珍獸感到好奇，有人欣賞小丑表演的默劇，也有人打從一開始就對坐在巨獸背上，一身暴露打扮的異國女子感到驚艷。

幾個男人對女子拚命揮手，企圖引起她掩藏在橘紅色面紗底下的目光。

女子輕揮手中的羽毛扇，當她點頭，兩耳別著的大金色垂飾，在日光照耀下變得金光閃閃；她的紅唇微微一勾，豔麗的笑容引來更多男人的談論與注視。

是的，屬於科米希的嘉年華會已經展開，無論是名流貴族、市井小民、販夫走卒、乞丐遊民……皆成為這個節目的一份子。

人群像洪流一般淹沒廣場，他們的笑聲與叫聲，則化為海濤聲，綿延不絕地推擠著狂歡的熱度，並與高掛在街道的彩旗、定點遊行的王室衛兵、街頭藝人手中的喇叭、在修道院上演聖劇的演員，一同為這個佳節點綴美麗的煙火。

整座科米希城被一股歡樂的慶典氣氛圍繞，而距離城市中心最角落的一處僻靜洋館，卻一如往常地沐浴在濃霧之中。

儘管洋館內外顯現兩種不調和的氣息，但這座種滿花朵的紅色洋館倘佯在一個溫

暖晴朗的午後，在遍地嬌綠色的草坪襯托之下，依然顯得分外鮮明。

陽光射穿淡薄的白霧，混合一道朦朧的銀光拂照著美麗的花園，兩者交互相映，在冬日底下的景物顯得格外秀麗。

此刻，一道尖銳的劍刃相碰聲，自洋館寬敞的中庭傳來。這道剛強活潑的聲音，交雜著踩踏草地與肢體相撞的吵雜聲響，就像被縛在戶外，正在追逐彼此的兩匹獵狗或野馬。

兩道俐落的身影處於中庭，彼此陷於亢奮的情緒。陽光柔和地照亮草地，同時照亮他們手中揮舞的銀色西洋劍，濃烈的火焰炙起，靈巧地竄出兩人指縫。

兩把劍刃面臨一次次的交錯與閃避，卻依舊無法停止這場激烈的追逐，反而越演越烈。

西洋劍在太陽的光芒下閃耀，接著傳來一陣冷硬金屬相撞的叮噹聲，以及少女在急促呼吸後的大喝。

「不夠，再來！給我氣魄，你屬於男人的力量去哪裡了？」

一個外表可愛，說話帶著直率的男孩子氣，穿著輕便男裝的少女奮力使劍。

她握著手中的細劍，輕易地格開另一名青年的逼近，她那瞬間爆發的行動力，使她的對手陷入苦戰的窘境。

一名外表充滿明理、智慧、內斂氣質的溫文青年，正是少女的比劍對手。他耍起劍來相當的靈活輕巧，然而他卻漲紅著臉，喘著氣，面色凝重地躲閃少女從各角落殺來的劍刃。

青年與少女一樣，都穿著方便活動的服裝，在需要劇烈運動的時候，不用擔心漂亮的衣服會因此撕裂，更能全心投入比試。

但是，青年並非為了這點而煩惱。

就他的身手而言，打敗少女是易如反掌之事，可是他卻始終往四處躲閃，不與少女正面衝突，也不能被她看出自己隱藏的氣息。

他拚命地壓抑著劍勢，忍住不對少女出劍，只想假裝被她打倒，快點結束這一場鬥劍。

對青年來說，與少女進行任何比試後獲勝，都是沒有意義的。如果裝成文弱書生就能換來少女對他的好感，那麼他很樂意學習什麼叫獻殷勤與奉承。即使那是表面功夫，卻能掩飾他內心強烈的情感，不致使外人看穿他的私心。

這位出身貴族世家的青年，身上沒有嬌生慣養的氣息，沒有武人粗鄙的個性，卻很講究禮貌與謙遜；他的性格溫和文雅，善解人意，是城內少女們傾心的丈夫人選，只是他不曾看過那些嬌媚的女子一眼，彷彿早已有愛慕的對象。

「男人的力量不應該用在這裡，靠蠻力壓倒性的取勝又有何用呢？」

少女見青年說教的時候，未將心思放在防禦上，她一個向下砍劈的假動作，讓他疏於防護。她兩手一提，趁隙將劍刃敲在青年肩上，「那麼，這招便是智取。」

青年嘆氣，藏在他眼鏡後面的天藍色眸子黯了黯，吐槽著說：「這是哪門子的智取，別以為把劍擱在這裡就能阻擋我的反擊。」

少女把束在兩頰的雜亂髮絲撥開，面露挑釁的微笑，「那你來試試看吧？」

「妳沒女人味就算了，還這麼兇狠潑辣的模樣，將來嫁得出去嗎？」

「少囉唆，本小姐嫁不嫁得出去，要你多管閒事！」少女雙目迸出了怒意，氣得讓手中的劍差點手滑飛了出去。

青年趁隙使劍格開少女抵在他肩上的劍，他選在她手忙腳亂之際，把兩人的劍一起甩向半空，再看著它們筆直落地，最後插在不遠的一處草地。

少女被青年冷不防地使了一個陰招，她衝過去想拔劍再戰，但是見青年擋在她面前，怎樣也不肯放她過去。少女一激動，撫著發疼的手臂直接往地上一坐，耍賴似的嚷了起來。

「不公平啦，哪有人堵在路上不給別人過的？這一次的比劍不算數，我不要玩了！」

青年見少女一副嬌蠻的樣子，不但不生氣，反而露出憐愛的笑容，「妳每次都玩這招，對我已經不管用了。聽話起來吧，不然妳這樣子被羅蘭先生看到，一定又要氣呼呼的罵妳了。」

「我手臂痛，起不來！」

少女緊皺眉頭，倔強的扶著手臂道：「恩斯特，你好過分喔，出手這麼狠，我下次要找別人陪我練劍。」

恩斯特嘆了一口氣，走向少女並將她扶起身，柔聲道：「唉，安琴，不管妳再怎麼執拗好強，在我眼裡，妳都是一個柔弱可愛的女孩子，我又怎麼會真的出手傷妳呢？」

「但是真的很痛嘛。」安琴苦著一張臉，嘴唇噘得老高。

恩斯特伸手揉亂安琴額前的髮絲，微笑地說：「我跟妳道歉好嗎？下次絕不會再有這種事，就算被妳打到手腳都殘廢，我都不會出手傷害妳的。」

少女聞言，急忙說：「慢、慢著，你別真的答應我呀，我們只是玩玩而已，如果傷了你這個伯爵公子，我可擔待不起謀逆貴族的罪名！」

聽著恩斯特溫軟的道歉聲，安琴很認真的看著他，就怕青年打定主意這麼做。她卻不知道，恩斯特為了安慰她才說這種話，然而她慌張的模樣在青年眼中卻是相當可愛的。

這個小姑娘明明氣他氣得不得了，還想把他甩掉，但是聽他低聲下氣，她就認真的為他著想，完全忘了先前的不愉快……恩斯特心想，這就是安琴的優點呢。

「不要擔心這麼多，我是男人，比妳想像中的還要耐打。由我保護妳，那是天經地義的事。」恩斯特握著少女的手，一雙帶笑的眸子深深注視她白皙的臉頰。

安琴眨眨眼睛，似懂非懂的看著他，「我不知道我要說什麼呢。」

「妳在宮廷的母親或奶媽，沒有教妳與人應對的禮節嗎？」恩斯特看安琴一頭霧水的模樣，便說：「像這種時候，妳要低著頭，聲音柔軟地對人家說，『是的，一切悉聽您的吩咐。』妳懂了嗎？」

安琴噗哧一聲，不給青年面子的笑道：「恩斯特，你在開什麼玩笑啊？我堂堂安琴小姐會說這種委屈我自己的話嗎？像那種唯唯諾諾的千金小姐，外面俯拾皆是，我才不想當呢。」

恩斯特停頓片刻，搖頭苦笑，「妳的確不像會說這種話的女人。」

兩人結束比劍的話題，彼此聚談一番之際，一道帶著嚴肅的聲音驀然闖進他們和

諧的談話氣氛中。

「二公子，抱歉打擾您，伯爵有事急喚您。」

看上去有些年紀的男人停下腳步，抿直的嘴唇發出抽氣聲，朝穿著男裝的少女責備道：「安琴，妳那是什麼樣子！一個小姐居然穿男人的衣服，還渾身泥巴，像話嗎？」

安琴天不怕地不怕，就是怕她那位威儀堂堂的父親的吼聲，她嚇得縮起身子，躲到恩斯特身後尋求保護，就是不敢迎上父親的目光。

「我不是警告過妳，今後絕不能穿男裝，要穿裙子嗎？」

安琴挺著身子，理直氣壯道：「沒錯，但是穿女裝很麻煩耶，不能騎馬、射箭、練劍、跑步……不然父親試穿一次裙子看看，您就會瞭解女兒心中的痛苦！」

男人聽見這些反駁的聲音，怒不可遏道：「刁鑽的丫頭，這些是妳身為一個女子該做的事嗎？妳不准再跟我爭論，馬上回房換上跟妳妹妹同款式的盛裝，和二公子一起參加晚宴！」

安琴摀著耳朵，又驚又怕的聽著父親聲音。過了一會，她與恩斯特互看一眼，察覺剛才父親所說的話裡玄機，不禁愣了一愣。

「請問羅蘭先生，您剛才說的晚宴，指的是什麼呢？」恩斯特問。

羅蘭舒緩一口氣，說道：「二公子，事情是這樣的。住在森林城堡的男爵家千金婚禮在即，前些日子派人送信給舒赫伯爵，預定今晚舉行晚宴。」

「父親，您的意思是說，伯爵先生要我們也前往參加婚禮嗎？」安琴忍不住插嘴發問。

羅蘭瞪了女兒一眼，才道：「如果妳捨不得換下這套粗鄙的衣服，我就替妳回絕了！」

安琴聞言，喊了好幾聲萬歲，連忙拉著恩斯特速速離開中庭。在她走之前，嘴裡還喃喃自語著一些讓人很生氣的話——比如說是「被禁足這麼久，終於重獲自由」或「要我像妹妹一樣，不如把我變成男人」。

身為父親的羅蘭管家見狀，對女兒粗野的行為則無奈的搖頭。他在心裡祈求今晚

能夠平安赴宴，安琴也能夠安分守己，別為他製造麻煩，破壞伯爵家的聲譽。

羅蘭一想到安琴的惡行惡狀，整個人就胃痛得不得了。

他再氣憤也想不透，世上怎麼會有這種像男孩子的女人，她的情緒為何如此強烈與狂暴，就像一匹無法駕馭的野馬呢？

恩斯特與安琴兩人此時正跟著舒赫伯爵，前往位於市郊的森林城堡，參加男爵千金的婚禮。

由舒赫伯爵帶領的一群子女與隨從，浩浩蕩蕩地從城裡出發，很快地，他們搭乘的馬車，在暗沉的天色中被逐漸掩沒，由車窗所見到的風景，也已從城市轉為邊境的森林。

馬車裡湧出歡快的談笑聲，一群作華貴打扮的人們正在聊天。

在這些人們當中，要數安琴姐妹最為年輕。她們獲得允許，可以盛裝出席婚宴場合，兩人費了一番心思打扮，就像穿著典雅的名門小姐。

拿安琴來說，她身上一襲粉橘色的連身裙採用了多層式設計，搭上紺青色的衣領與袖子花邊，胸前繫著別上藍寶石的條紋蝴蝶結，不僅襯出她柔美的身體曲線，更顯得嬌媚可人。

她頭上戴的帽子，特別選擇與衣服同款色系。綴以絲帶、人造花、羽毛等裝飾品，除了防止日曬的功能之外，也顯得十分優雅。

安琴穿上美麗的衣服，與妹妹坐在寬敞的馬車車廂，她不像安瑟溫柔嫻靜，還沒有安靜的一刻。只見她一雙靈活的紅褐色眸子盯著窗外風景，毫無貴族小姐優雅的禮節，還變得更加吵鬧。

她放眼望去，見到灰濛濛的群山壓著大地，便會忍不住拉著恩斯特討論起來。也許是她從未出過城門的緣故，只要每經過一處景點，就會呼呼哇哇的叫著。

隨行在伯爵身邊的羅蘭管家見狀，重重的咳了一聲。

恩斯特伸手把安琴的身子扳向車廂眾人面前，以眼神示意她不要亂動。

「對不起哦，我只是很訝異，為什麼山是這麼的高，地是這麼平坦，森林這麼翠綠而深邃，一時忘情就……」安琴發現所有人目光都集中在她的身上，不禁有些尷尬的吐舌。

舒赫伯爵被安琴的反應逗得大笑，他看著一臉錯愕的羅蘭，安慰地說：「難得大家出門一趟，你就不要再用家裡那套禮法約束你的女兒了。你我是多年的朋友，別計較這一點小事。」

羅蘭回答：「舒赫伯爵，承蒙您允許我的兩個女兒陪同公子們一起赴宴，希望她們不會給你惹什麼麻煩。」

「你的兩個女兒都是城裡的美人，安琴和安瑟各有各的優點。安琴活潑開朗，安瑟優雅大方，可是多數貴族爭相邀約的對象。」

伯爵見恩斯特與安琴壓低聲音說悄悄話的模樣，便說：「恩斯特自小與安琴感情融洽，兩個人一塊長大，看上去就像一對兄妹……不，就算是親兄妹也未必比他們還

親。」

羅蘭聽見伯爵這麼一說，便道：「您過獎了，安琴只是一個不知世事的野丫頭。不能讓她總是纏著公子不放，再說她這麼不懂分寸，我擔心帶她出門有損伯爵的聲譽……」

舒赫伯爵如鷹般銳利的目光，在羅蘭的聲音傳遍車廂之前，適時制止了他，「別想太多，依我看是恩斯特纏著安琴不放。但是這對兒女相互扶持著長大，他們之間的感情確實令我有些疑問，我會找時間觀察恩斯特的反應，你無需擔心。」

「是。」

羅蘭管家心裡有些擔憂，他猜想伯爵已經察覺到恩斯特對安琴不尋常的感情，因為他也曾經從恩斯特注視安琴的目光中，找到一些蛛絲馬跡。

雖然小兒女的戀愛在他與伯爵眼中，只是玩伴般的情誼，甚至禁不起現實的摧殘，但是對年輕氣盛的孩子而言，這才是他們人生的一切。

恩斯特是伯爵疼愛的小兒子，不僅頭腦聰明，而且身手靈活，能言善道，交際廣

泛，是最適合在宮廷謀求官職的好人才。

像這樣的好男人，他家的安琴根本不可能與其匹配，還是早點替她找戶人家，把她給嫁出去，他才不會一直擔心個不停——羅蘭一邊想，一邊沉重的嘆氣。

「父親，您怎麼了，何故嘆息？」

一道溫柔的聲音撫過羅蘭躁亂的心境。

他回頭看著另一張與安琴相似的臉孔，深鎖的眉頭為此舒展而開，連忙對身邊穿著雪紗裙子的少女微笑，「安瑟，我的好女兒，妳沒有妳姐姐粗俗的氣質，卻與妳溫柔婉約的母親相像，每次我一看到妳，就忍不住覺得欣慰，真是太好了。」

坐在一旁的安琴聽見父親的評價，很不高興地說：「父親，您說這種話真是太失禮了，安瑟像母親，難道我是從路邊撿來的嗎？」

羅蘭見安琴絲毫未能體察他的憂心，不由得口氣嚴肅地道：「我只知道妳的母親是全城最受歡迎的美麗女性，她可從來沒有穿過男裝，也沒幹過與男人揮劍相向的俗事。」

車廂裡的眾人聽見這句吐嘈似的回答，忍不住笑了起來。

安琴被父親輕視，氣得鼓起臉頰，再聽見眾人的笑聲，她當場「哼」一聲的拍著馬車座位，卻把愉悅的氣氛炒得更加歡樂。

正在這時，一道輕快嘹亮的嗓音，伴隨馬車的踢踏輾動聲而來。安琴往窗外望出去，發現在另一輛與他們並行的馬車邊窗，有個面帶微笑的年輕男人朝他們揮手。

「安琴、恩斯特，好久不見，你們好。」

那熱情打招呼的男人有張俊秀的臉龐，他戴著四方硬帽，帽子底下一頭至肩的黑髮，柔軟地垂在鐵灰色的長外套上。

男人伸手，露出長袖子底下戴著的金鐲子，他一身珠光寶氣的模樣，令人不難猜出他的身分。

安琴微笑著揮手，甜潤的嗓音說出語不驚人誓不休的話，「咦，這不是暴發戶阿德里安嗎，好久不見了，你好嗎？」

恩斯特急忙用手摀住安琴吐不出象牙的一張嘴，暗中朝男人作手勢要他先走，這

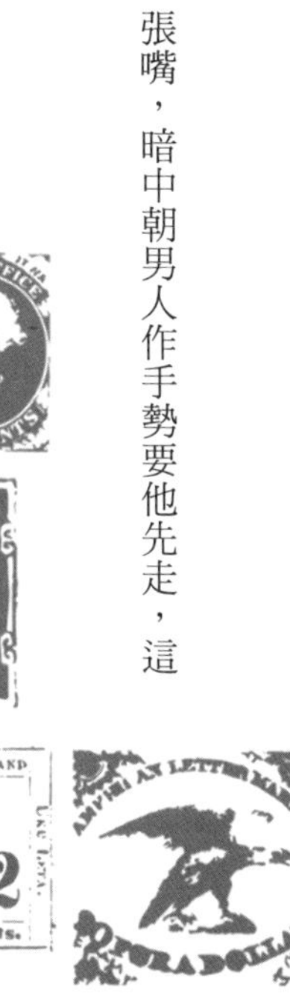

才急忙化解一場誤會。

馬車踢踏踢踏地跑過一大片森林，載著伯爵一家人來到羅森城堡。

此刻天空下了一點小雨，變得黯淡的天色在銀白月輪的籠罩下，明媚的夕陽逝去，逐漸進入光彩奪目的瑰麗夜色。

一群人好不容易下車，隨即在城堡大院見到方才朝他們問候的年輕商人。

恩斯特朝對方走了過去，欣喜異常地跟他貼身擁抱，「阿德里安，好久沒看到你，是不是又到國外做生意了？」

「啊哈，恩斯特，知我莫若你，又被你猜對了。」阿德里安撥弄臉頰旁的烏黑垂髮，雙眼十分明亮，給人精神抖擻的感覺。

阿德里安與恩斯特寒暄幾句，便向舒赫伯爵彎腰行禮，他那寬肩細腰的陽剛身形做起繁縟的儀式禮節，倒也不輸恩斯特的溫文爾雅。

「阿德里安，幾年不見，你身上的打扮裝飾還挺新潮的，想必經商生意做得不錯。我聽說你動用了不少人力資金，特地在狂歡節請來知名的雜耍團。你是城裡商會

的發起人，長年在國外經商貿易又見多識廣，真是年輕有為。」

「感謝舒赫伯爵的誇獎。」阿德里安說完，目光立刻轉移到羅蘭管家臉上，「您近來可好，羅蘭先生？」

「你這孩子真有禮貌，但是你堵在這裡，會害舒赫伯爵趕不上婚宴的。」羅蘭口氣不好的說道：「你們年輕人要聊天，等婚禮過後再慢慢聊，現在快去宮廳，想必男爵先生已經等不及要見舒赫伯爵了。」

恩斯特、阿德里安、安琴、安瑟互望一眼，很有默契的點頭。他們跟隨在伯爵與管家的身後，在城堡侍從的帶領下進入城堡內院。

說起阿德里安，城裡每個人都知道他是一個年輕有為的商人，但只有少數人知道，他與恩斯特其實是一對無話不談的好友。

儘管兩人性格興趣都不相同，卻對人生遠景有著極為熱烈的盼望。他們出身良好，各自有俊秀的外貌、雄厚的資產、偉大的理想，並且在愛情的信仰上，也意外有良好的默契。

不過，這個話題容後再敘。

華美的城堡宮廳，正在舉行一場別開生面的婚禮筵席，連阿德里安與恩斯特都沉浸在這對新人結成連理的幸福氣息中。

這場婚禮的模式並未大膽創新，只是邀請所有未婚的男女與新人一起共舞。

宴會請來的樂隊，演奏輕快的管弦樂曲，在緩慢的樂章中，穿著華服的賓客們跟隨優雅的協奏曲，互踏著舞步，讚頌愛與幸福的美好。

唯有它，才能夠使一對戀人拋開守舊的階級觀念而圓滿成婚。

此時，圍觀在廳堂兩側的賓客們聽見遠處傳來騷動，他們紛紛鼓掌，迎接婚宴開席時間。

一對新人分別穿著黑白色的禮服，在眾多貴族的陪伴下，從舖設紅地毯的大廳門口，徐徐走入宴會廳。

他們一路走在狹窄的走道，在樂聲鼓聲齊鳴下，穿過一道以各色花朵裝飾的拱門，在賓客欽羨的注視下，兩人踏上高聳的祭台。在管樂隊的伴奏聲中，開始這不同

於一般貴族的婚慶典禮，享受賓客的祝福。

台下站著幾名渾身散發威嚴氣息的中年男子，他們圍聚在一起談話，彼此臉上洋溢著莊嚴和諧的氣氛。

身為城堡主人的博格男爵與舒赫伯爵雖然沒有多深的私交，在宮廷中走得不近，但是仍然對伯爵抱著一份敬重之意。只見他筆挺著身子走向伯爵，態度謙恭道：「舒赫伯爵，小女的婚宴能有您的光臨，真是萬分榮幸。」

伯爵回答，「我記得婚禮儀式早在先前舉行過了，那時候我未能出席，一直感到相當遺憾哪！恭喜你的女兒出嫁，聽說男方是你城堡的年輕騎士，你是怎麼讓他們結婚的呢？」

這時，男爵的視線轉向台上的新人，微笑地說道：「這個問題與其由我來說，不如請這對小夫妻談談吧。」

舒赫伯爵挑起好奇的目光，一臉期待。

站在台上的新娘聽見父親與伯爵的談話內容，便和新郎交換一個眼神。兩人向前

一步，朝台下所有賓客示意的點頭。

「感謝所有來賓參加我們的婚宴，今夜對我們來說是個不需要過多儀式舖張的日子。在此，我想在這裡感謝某個不知道身分與名字的男士，沒有他，我和丈夫便不可能成婚，也無法被他改變我們最初絕望的想法。」

台下賓客聞言，議論紛紛。

「這個不知道身分與名字的人，究竟是什麼來頭？」群眾中有人提問。

穿著白紗的少女說道：「這是一個很奇妙的經歷。我們一開始也不明白為何有這種感覺，但是隨著時間過去，一直到我與丈夫談起這件事，我們才確信那位男士曾經存在過。」

「老實說，我們兩人在不久前曾在喜歌劇院有過一段奇遇。明明是因為父親准許我們訂婚而去看戲，但是令人費解的是，我們竟然不能解釋為何自己不待在歌劇院，而像追逐著某人一樣的站在大街上，為此心裡還感到一股惆悵。」

「我們心裡藏著這個說不出口的祕密，直到丈夫與我偶然間提起這件往事，我才知道那個不知姓名的男子，曾和我們相處過一段時間。即使這種事令人匪夷所思，但是一想起他，我們都有種懷念的感覺……他連結在我們兩人之間，為我們改變原有的命運。」

穿著黑禮服的青年看向妻子，跟著說道：「我原本是個自卑的人，因為和妻子身分差距太大，被現實阻礙而無法與她結婚。就在我放棄希望時，有一個帶著陰沉聲音的男子要我鼓起勇氣追求愛情，雖然我想不起認識他的經過，也記不起他的相貌，但卻知道他曾經存在過。」

這對新婚夫妻異口同聲的嘆道：「我們想當面向他道謝，可惜連對方的姓名都不知道，要在科米希城找出這樣一個神祕的人，實在太難了。」

賓客們困惑地看著台上的新人，臉上都帶著難以置信的神色。不過，當樂隊再度奏起新的樂曲，那些人隨即又投入了婚禮的浪漫氣氛中。

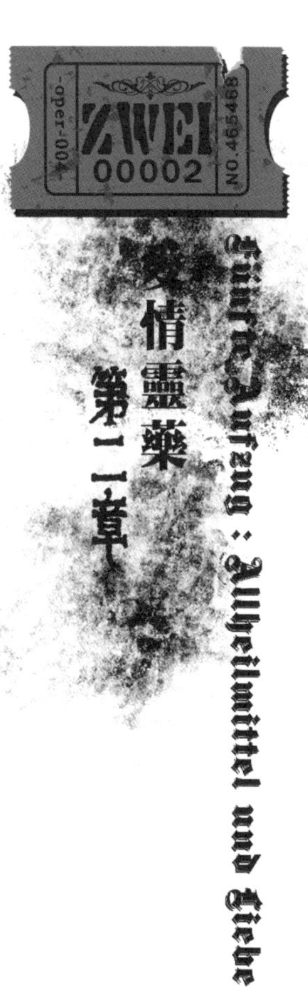

安琴與妹妹安瑟跟那些打扮亮麗的貴族名流們站在台下，她睜大眼睛看著婚禮的進行，心裡感到有些奇異，似乎對他們所說的經歷有些熟悉。

特別是新娘提起不知姓名的男子形象時，讓她沒有理由的想起先前在喜歌劇院見到的遮髮男子。

她抱持這份內心的感受，打算走到台上的時候，卻被身後一股力量拉住不動。

安琴沒多猜測，立即回頭看向她那柔美可人的妹妹，「妳幹嘛拉住我啊？拉拉扯扯的很難看。」

與安琴外貌相似的少女不安地看著她，問：「妳要做什麼？」

「廢話，當然是上台跟那對新人分享我的經驗啊，我最近也有跟他們一樣的感受，還以為我撞鬼了呢。」

「安琴，妳別開玩笑了，我聽不懂妳在說什麼。與其站在這裡，我們還是到比較安全的地方吧，妳瞧那些人開始跳舞了，再不離開的話會跟他們撞在一起的。」安瑟輕聲細語道。

「妳真麻煩耶，就像恩斯特一樣囉唆，台上的人又還沒走，我想等他們致完詞再說。」安琴一面看向新郎、新娘對賓客微笑致謝，一面對妹妹不屑地說。

「哎，妳與其這麼說舒赫公子，為何不好好檢討自己，老是嫌別人不好？」

安琴被自己的妹妹說教，一副老大不高興的看著安瑟，似乎恨不得賞她兩個耳光才滿意。

安瑟懼於姐姐眼底的兇光，她趕緊垂著頭，不敢多說什麼。

先前離開安琴姐妹，跑去與熟識的朋友閒聊幾句的阿德里安和恩斯特，也在這時

回到兩人身邊。他們發現姐妹倆的神情有些不對，並未多說什麼，只是與她們一起欣賞婚禮的進行。

「嘿，你們看，台上有一名侍女將結婚捧花交給新娘，想必要丟花了。」阿德里安找話題的說。

「丟花是什麼？」安琴問。

「妳不知道嗎？這是一種儀式，新娘在婚宴結束前，要依照俗例把花丟到台下，讓未婚的男女能夠沾沾喜氣，進而找到自己理想的伴侶。」恩斯特撫平繫在衣領的黑色蝴蝶結，習慣性的提起鼻樑滑落的眼鏡，他站在安琴身邊，看她那副沉浸在婚禮氣氛的認真樣子，不由得露出微笑。

「喔，原來是這樣子啊。是說，你們兩個男人跑去哪裡，快好好欣賞美麗的新娘吧，這可是平常看不到的呢！」

安琴如往常拉著恩斯特看熱鬧，恩斯特也如往常被她又拉又扯。難得兩人今晚穿得如此正式，卻像一對看戲的路人——這幅景象看在阿德里安與安瑟眼裡，真是哭笑

不得。

「有、有什麼稀奇的啊?對我來說，就算穿了華麗的衣服，那種程度的美麗也不及某個女子……不，不，根本連她的一半都沒有。」

安琴聽見恩斯特低聲說話的聲音，便大聲問道：「什麼，你有喜歡的女人啊，她是誰？」

恩斯特與阿德里安尷尬的互望一眼，他朝好友暗示的點頭，試圖不著痕跡的帶開這個話題，只不過恩斯特的笑容有點僵。

「對了，阿德里安，你這次回來，不是說有禮物想送安瑟嗎?趁現在羅蘭先生陪在父親身邊的時候，你們快找個地方好好聊天，別管安琴了。小心你們浪漫的氣氛被她破壞，她不是最喜歡纏著你，要你講國外的見聞嗎？」

安琴的眼光落到恩斯特臉上，察覺他臉上嘲弄的神情，隨即不悅地說：「恩斯特，你敢故意在這種場合損我，不要以為大家都在這裡，我就不敢揍你！」

「我說的都是事實啊！」

恩斯特低頭對安琴附耳道：「而且，妳妹妹很久沒見到阿德里安，這次見面一定有很多悄悄話要聊，難道妳想妨礙他們啊？」

安琴轉頭，看見阿德里安扶著安瑟，安瑟立即表現出非常嬌羞的模樣，安琴看在眼裡，當場恍然大悟。

她對妹妹吃驚的說：「喂，妳何時跟暴發戶的兒子對上眼的，還不從實招來……唔唔唔！」

恩斯特見安琴在大庭廣眾下，還如此口無遮攔，連忙再度用手遮住她的嘴。

「你們快走吧，這個就交給我，晚點見！」

安琴見阿德里安牽著妹妹的手，兩人飛快地走掉，她只想追上去問個清楚，無奈她被恩斯特抓著不放，實在又氣又怒。當恩斯特一放開她，安琴便立刻憤怒的踢了他一腳。

「什麼叫『這個』，本小姐沒有名字嗎？還有，我們到底是不是朋友啊，你剛才根本擺明幫阿德里安嘛，不講義氣的傢伙！」

恩斯特深怕又被安琴踢，於是退了好幾步，拉開與她之間的距離才答道：「安琴，妳不要這樣，我們有話可以慢慢聊……」

「聊什麼，咱們才沒話好聊呢，我去看新娘，不管你了。」安琴繞過恩斯特，擠身走進人群。

「安琴，妳走太快了，今天妳可是穿著女孩子的衣服，小心滑倒！」

恩斯特見安琴把他甩在原地，嘆口氣的追了過去，又見她一副粗魯的走路模樣，連忙擔心地在她身後喊個沒完。

這個時候，台上的新娘拿著捧花巡視台下一圈，然後她滿心歡喜的將花朝人群丟了出去……

事情一瞬間發生太快，安琴只隱約看到一團不明物體從她頭頂落下，她擔心是天外飛來的磚頭，趕緊用手往前一推，卻沒想到抓到一束捧花。

群眾順著新娘丟花的方向看過去，見到一名少女接到捧花，無不欽羨地看著安琴。

「安琴，原來接到花的人是妳，我可要向羅蘭恭喜，他終於能把他最令人頭疼的大女兒嫁出去了。」

正當安琴與恩斯特聽見這熟悉的聲音，四處往人群裡察看的時候，他們見到幾個身影自遠方走了過來，還對他們招呼了幾聲。

恩斯特連忙走了過去，朝幾名長輩點頭問候，最後才對舒赫伯爵解釋道：「父親，這話說得太早了，安琴還只是個孩子，離結婚還有段年紀。」

舒赫伯爵挑眉，困惑地問：「何以見得？我認為安琴打扮起來還蠻漂亮的，雖然個性浮躁好動，不過你別為她擔心，我可以在這場婚宴替她物色幾個對象，要不了多久也可以結婚了！」

「不行！」、「我不同意！」

這抗拒的聲音分別從恩斯特與安琴口中傳出，他們氣急地吼出聲音之後，面帶訝異的看著彼此。

恩斯特觸及安琴的目光，咳嗽幾聲連忙說：「我、我是說安琴還不行啦，她不夠

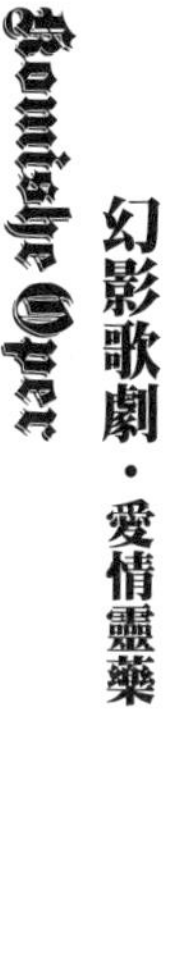

有女人味，至少要多學點貴族小姐的禮儀才能嫁出去……」

安琴聽了恩斯特解釋的一番話，氣得咬牙切齒。她撫平緊皺的細眉，面帶微笑地說：「對啦，我沒有女人味，入不了恩斯特公子的眼。但是，我知道在這裡有某個女子，讓你非常欣賞，甚至說她比新娘還美呢。」

舒赫伯爵與羅蘭管家聞言，露出發現新大陸的震驚目光，問道：「恩斯特，安琴說的可是真的？」

「當然是真的，肯定是真的！」

安琴忽視恩斯特窘迫的神色，拚命地說個不停。當她發現恩斯特企圖把她帶去別的地方，不讓她說下去時，便一臉尋求認同的看著他，「恩斯特，你剛才不是把那些讚美的話說得誠懇可靠嗎？來，再說一次給伯爵先生聽聽，說不定他會替你作主喔！」

恩斯特這時既慌張又惱怒地看著安琴。他知道她不懂說話的分寸，也不會看場合講話，這些他都不願和她計較，可是她不該把兩人獨處時說的話，一個字也不漏的說

給長輩們聽。

「安琴・羅蘭小姐，可以請妳收斂一下嗎？」恩斯特以壓抑憤怒的聲調說：「雖然我讚美了某個女性，不過那沒什麼意義。我相信，就算她本人站在我面前，也絕不會有一點反應，因為她根本不知道我在說她！」

安琴被恩斯特認真正經的模樣嚇得說不出話，她沒想到平時任她開玩笑也不生氣的這個好青年恩斯特，反應居然會這麼激烈。

看見恩斯特帶著專注的目光望著自己，安琴心中頓時升起一股混雜的情緒，她不知道那是什麼感覺，卻對他口中的「某個女性」有些在意。

「什麼嘛，原來你還沒向對方表白喔。」安琴試著擺脫心頭糾結的不快，把自己當成恩斯特的哥兒們，用手肘推了他幾下，捉弄的笑道：「不然我幫你向她說好了，告訴我，她是哪家名門的千金小姐？」

恩斯特見安琴這樣子，便把頭冷淡沉默的轉開。

「安琴，妳說話也太無禮了！二公子是讓妳，不想跟妳一般見識，還不快點住

手？」

安琴聽見羅蘭管家指責的聲音，聳聳肩的退開。

舒赫伯爵看著恩斯特與安琴臉上流露的神色，察覺到有些異常，於是試探地問道：「恩斯特，多虧安琴說的這些玩笑話，我才想到還沒問過你這些事情……你可曾有過心上人？」

「平常看你老跟安琴混在一起，盡做些遊戲人間的事，你要像你哥哥一樣，早日學習如何應對社交場合，與匹配的貴族小姐共結連理，在宮廷發揮長才。你也二十四歲了，一個男人總該成家立業，希望你不要耽擱了時間。」

恩斯特沉默了一會，沒有回答父親這些意味深遠的話。

不過，安琴的反應與恩斯特截然不同。她聽見伯爵說話，便把在婚禮上拿到的捧花丟給恩斯特，臉上浮現比誰都還開心的笑容，還向恩斯特勸說道：「對啊，二公子，你還是早點奉伯爵先生之命成婚比較好，結了婚就可以把心定一定，才不會老大不小，卻成天想著跑出去玩。」

恩斯特聽見這話，對安琴不懂他的心情，胡亂說話的態度感到無奈氣憤，可他仍舊一句話不說，只是自顧自地生悶氣。

舒赫伯爵與羅蘭管家看著兩人微妙的互動，心裡多少都有了底。他們看得出來這一對兒女蘊藏著一種奇異曖昧的氣氛，彼此眼光中流露著衝動的感情，並不像兩人往常的相處模式。

雖然羅蘭管家沒有說出口，他卻明白舒赫伯爵為何臉色不悅的原因，想必剛才伯爵所說的話，有大半是特意說給恩斯特聽的。

接下來，舒赫伯爵偶遇幾個熟識的貴族，於是談了幾句話，他將兒子介紹給一群有家世與名望的權貴。

沒想到恩斯特有禮的儀態，引來那些權貴身邊一群帶著甜蜜笑容的貴族少女傾慕。

她們稱讚伯爵公子就像夏日般溫煦迷人，恩斯特面帶笑容的感謝她們，並與貴族少女開始聊起上流社會的話題。

安琴見恩斯特那副陶醉在被女孩子圍繞的愉悅神色，不知為何，居然讓她感到莫名的厭惡。

見他態度溫和有禮，完全沒有跟她在一起時的嘲弄表情，就像一個風流倜儻的貴公子……不對啊，恩斯特是貴族公子沒有錯，他跟美女說話禮貌也沒有錯，可是她為何這麼氣不過呢？

安琴站在原地，內心感到困惑又氣憤。她瞪著恩斯特及一票打扮得花枝招展的少女，卻又找不到插嘴的機會，只好內心不滿地跑出宴會廳。

安琴暫時將所有惱人的事情拋向身後，帶著放鬆的心情走在城堡內院。

她一路走走停停，看著高聳直立的城堡及各項設施，寬闊幽深的走廊，一切看來都是那麼壯麗典雅，令人賞心悅目。

安琴四處張望著，發現內院空無一人，心中有些古怪。

城堡之所以這麼空曠，也許是因為那些被邀請來的客人都待在宴會廳吧。但是連平常見得到的雜役、侍女都不在走廊上，還有先前離席的安瑟與阿德里安也不知去向，這種種發現更加深安琴的困惑。

正當安琴疑惑地想著，突然間，她聽見從另一條走廊傳來男人說話的聲音。

安琴連忙跑到走廊的轉角處，運用她敏銳的觀察力看過去，只見一個穿著及膝長外套與緊身長褲，腳上穿著縛皮鞋的男人背影，正溫和地伸手扶著一個棗色長束髮的女人背影。

安琴見到女人轉過臉看向男人，她注意到女人臉上似乎堆著微笑，於是猜出那兩個人就是妹妹安瑟與從來不討她喜歡的阿德里安。

其實，安琴並不是個以貌取人的膚淺女子，她之所以討厭阿德里安，是因為他老對安瑟露出曖昧的笑容，一找機會就想跟安瑟獨處，根本就是另有所圖，想必安瑟也對他頭痛不已。

在安琴眼裡，像這麼輕浮不莊重的男子，她才不管他有沒有錢、英不英俊、是不是恩斯特的好朋友，只要跑來欺負她重要的妹妹，她一律鐵拳伺候。

就在安琴一面不屑的想著，向前踏出一步，打算過去制止阿德里安對妹妹的「不當舉動」時，竟然看見兩人互擁的情景。安琴嚇了一跳，趁他們發現她的存在之前，趕緊躲回去偷聽他們究竟說了什麼。

「阿德里安，我緊張得呼吸都快停了。當你出現在父親面前，我好怕他看出什麼，也不敢跟你打招呼，真對不起。」那是安瑟的聲音。

「這些只是小事，何況我們當初決定相愛時就預想過了，妳不要擔心。」阿德里安的聲音溫和地撫慰安瑟道：「不過，今天看安琴那副敵視我的樣子……難道妳沒把我們的事告訴妳姐姐嗎？我認為她跟恩斯特一樣，不會反對我們。」

安瑟嘆道：「你不明白，安琴雖然個性直爽坦率，卻不是個能守密的人。你也看到了，恩斯特說那句話，她馬上就大聲嚷嚷……萬一把我們的事告訴她，父親隔天就會知道了。」

阿德里安發出苦笑聲，「妳的擔心確實情有可原。說來恩斯特也真辛苦，有那樣的幼時玩伴，就算想談個普通的戀愛也比一般人要麻煩上百倍。」

一陣強烈的憤怒降臨在安琴身上，雖然偷聽妹妹與其戀人談話是不道德的行為，但她不是聖人，可以被自己的妹妹如此評論還毫無感覺！

安琴感到一陣萬箭穿心的刺痛，她真恨不得衝出去掐住安瑟雪白的脖子，好讓妹妹別再繼續說下去。

安琴側耳傾聽，聽見安瑟輕柔的抽氣聲，這時她壓下憤怒，好奇地等待兩人接著又會談些什麼話題。

「阿德里安，這個禮物太貴重了，我不能收。」

「安瑟，這不是禮物，是我對妳以及今後我倆未來的一個承諾。希望妳收下這個黃金戒指，我會向羅蘭先生表明一切，請求他將妳嫁給我……好嗎？」

接著，走廊流過一陣沉默。

「等等，你不是想與恩斯特同一日結婚嗎？他的情況不比我們簡單，想必更加艱

難，你告訴他這件事了嗎？」安瑟問。

阿德里安發出很沉重的嘆息，「看安琴在那窮攪和，就算恩斯特找到機會也未必能說出口……我們得想個辦法，否則無論是妳或我，都很難從這處境解脫。」

安琴聽到這裡，覺得沒有必要再聽下去，便轉身往院子的方向離開。

她一邊走，一邊思考。

雖然在這夜裡，她見證一對男女做下愛的誓言，並透過發現阿德里安與安瑟的戀情，對愛情抱持疑惑的態度。但是令安琴覺得難受的是，不管是他們或恩斯特，全都有事情瞞著她不講，那副神祕的樣子讓安琴有些煩躁。

走向戶外大院，安琴發現視線觸及之處，都是成雙成對的情侶。那些人分散在院子四周，寧靜地享受夜晚與談笑，相視的男女臉上各自出現微笑的光彩，令安琴感到很不自在，連忙把在意的目光移開。

眼前的情景，讓她感到窘不堪言。她心裡覺得奇怪，難道來參加婚宴的客人都是情侶嗎？大家一副幸福美滿的樣子，好像整個世界只有她是落單的一個人，彷彿要活

在世上，沒有愛情是不行的。

她想了想，隨即否定這個念頭。像她這種直腸子類型，想說什麼就說什麼，既沒有妹妹那種溫順嬌怯的個性，也沒有女人的自覺。

不管從哪方面來說，她絕對沒辦法與男人融洽相處。

但是，她看遍各種小說，對書中描寫的那種讓人心動的浪漫愛情，仍舊感到好奇。安琴不禁深思，要怎麼樣才能擁有那種愛情，是否由男人與女人擦碰出來的火花，都是那麼美麗而燦爛？

安琴獨自站在城堡大院的冷僻角落，她心想宴會才剛開始，離稍晚的舞會還有一點時間，於是她貪戀的吹著夜風，朝四周留心的探望，不想被認識的朋友看出她羨妒情侶的模樣。

她深吸口氣，將自己放逐到院子最陰暗的角落，心情低落不已。

「怎麼一個人孤單地在這裡發呆呢？」

突然間，有道令安琴相當熟悉的男人聲音飄進耳裡。

安琴驚慌地抬頭，伴著耳朵嗡嗡的鳴聲，在滿月的夜色下看見一個穿著淡灰色西裝的男人，筆挺著身子望著自己。

她睜大一雙紅褐色的水亮眸子，驚恐的看了一下那個男人，接著欣喜地向他打招呼。

「是、是你！我居然會在這座城堡見到你，說書人！」

灰髮男子取下他平常戴在頭上的黑帽，態度謙和有禮地向安琴點頭致意。他臉上浮現平淡的溫和笑容，不矯揉造作，而且舉止穩重，讓人深深著迷。

安琴上前歡迎他，臉上也堆著笑容。

「在下說過，我們有朝一日還會再見的。」灰髮遮眼的男人戴上帽子，手裡拿著皮箱，臉上一副深沉神祕的模樣，「妳這樣打扮，讓在下差點認不出妳了。」

安琴朝說書人看了一眼，她發現自己目不轉睛的看著他，完全無法把視線移開。她感到有些難為情，趁他察覺她奇怪的舉動之前，搶著說道：「你怎麼會在這裡，難道你也來參加宴會？」

說書人與安琴的眼神相觸，他仰著臉，讓柔和的夜風吹開他右臉的髮絲，「不完全是這樣，妳可以把我當成一個不請自來的客人。這座城堡今晚舉行某位男爵千金的婚禮，在下只是抽空過來看看情況，妳無需介意。」

她點點頭，紅潤的嘴唇微張著，接著說：「雖然我有點不懂你說的話，但是你也在這裡，那我就安心了。」

「為什麼？」說書人問。

安琴搖搖頭，一顆心因為說書人的低語聲而怦然跳動，令她感覺十分緊張。

說書人的臉上揚著疑惑的微笑，見到她那不知所措的嬌怯模樣，便轉開話題問道：「不知能否和安琴小姐談談，關於喜歌劇院那件風波的後續？」

「喔，對了，我最後一次見到你就是在那間歌劇院。你走得太快，我來不及挽留你就離開了。」

安琴略帶吃驚的嘆息道：「你帶走那位女伶的屍體，歌劇院也由原本的熱鬧變得像鬼城一樣死寂。這些日子除了歌劇院經理無故失蹤、院長因故過世，還有許多劇團

成員流離失所，真是慘到極點。」

說書人臉色默然，像在聽一則無關緊要的新聞消息。

「然後呢？」

「在警官的調查下，所有奇怪的殺人案件宣告無疾而終，他們找不出原因，歌劇院只好暫時封鎖整修，也許有一天還能再度開張吧。」

安琴嘟囔的聲音聽在說書人耳裡，有些發牢騷的意思，這讓他抿直的嘴角被一道微笑漾開。他以審視的眼神注視著安琴，見她明亮的眸子在月光底下微微閃動，正是青春年華的少女擁有的誘人氣息。

說書人忍不住想，為何這麼可愛的少女總是孤獨一人？

他的思緒隨著沉默，飄回最初遇見安琴的情景，他還記得她的身邊有個伴，兩人站在一起非常相配。

但是，他卻猜不出他們的關係，他心想也許可以找機會詢問安琴。

夜晚的微風靜謐地朝各有心思的兩人吹送著，等風聲一停，他們察覺到空氣裡流

過一陣怪異的氛圍，不禁試圖發出一點聲音。

說書人回過頭，他看見安琴眼巴巴地看著自己，便笑著問道：「抱歉，我想事情出神了一下，怎麼了嗎？」

安琴小心翼翼的看著四周，確定他們身邊沒有窺聽談話的第三者，這才揪著手中的絲巾問道：「說書人，我可以問你一件事嗎？在你帶著瑪麗安娜小姐離開之後，這段期間究竟去了哪裡呢？」

她緊張地看著他，觸及他略為訝異的目光，又解釋說：「對不起，我是不是冒犯你了？因為我很擔心你，還怕你……」

儘管說書人對安琴的疑問打從心底感到疲憊，仍然對她苦澀地笑了幾聲。

「謝謝妳的關心，其實我在這段期間並沒有去哪裡，依然在科米希城內像幽魂似的遊盪……」

說書人低啞著嗓音道：「我離開歌劇院，把她帶到一處僻靜的山丘下葬，讓她遠離一切塵囂。我是這樣想的，如果我撫慰不了她的一縷芳魂，至少也要使她的肉體安

息。」

安琴看見說書人臉上交雜著疲倦與悲苦的神色，她咬著下唇，暗罵自己不應該提問此事，卻也不知怎麼安慰心碎神傷的他。

安琴懊悔的面容看在說書人眼裡，只是讓他勾起無限的感傷。他見她沒有出聲，繼續說了下去。

「安琴小姐，請別露出這般憂慮的模樣，在下只是一個沒辦法保護女人的無能男子，請妳不要過於責怪自己，這件事本來和妳沒有關係。如果可以，我希望不是在這種情況和妳見面，至少不會令妳這麼為難。」

安琴聞言，心裡湧起一股要把話說出來的力量。她發現說書人眼中總是壓抑著深沉的哀愁，也許他身上有更多她不曾瞭解的過往。

對個性明朗直率的安琴來說，她不願意看任何人哀苦傷感。她看了看他的臉，揚高嗓子的說：「我替你覺得難過，但是死去的人不會因為這樣責怪你，你要真正地放下，已故的亡者才會安心……」

說書人點頭，聲調帶著平靜的笑意，「謝謝妳，安琴小姐。」

安琴見說書人微笑，雖然那只是一張平淡的笑容，卻使她的臉頰漲紅起來。

她一面用力拍臉，試圖除去臉上的發熱感，一面想著幸好天色正黑，說書人看不到她紅著臉的模樣。

這時，安琴低頭看到說書人的皮箱，她突然關切地問道：「哇，每次都看到你提這個箱子，不曉得裡面那隻貓頭鷹會不會常吵著要出來？」

說書人吃驚的看著安琴，自從歌劇效應發生在她身上，他幾乎以為她不可能還記得他的事。如今她這句問話，不但使他想起安琴在歌劇院說的那些話，內心更陷入某種程度的困惑。

「你怎麼了？」安琴問。

「沒什麼。」說書人避重就輕道，他目光銳利地審視著安琴，過了會便試探的問：「我這個皮箱裡確實有一隻貓頭鷹，但是我從未對妳提起，妳怎麼會知道牠的存在？」

安琴眼底掠過猶疑的神色，她愣了愣，不知如何解釋，更不知道說書人為何質疑此事。她低頭不語，心想她雖然喜歡與說書人談話，卻總是對他不時流露的防備感到苦惱。

安琴皺了皺眉道：「那個……我知道你帶著貓頭鷹的事很奇怪嗎？在我的印象中，你帶著各種神奇的道具，為人們帶來各種不可思議的際遇。也許是因為這樣，我才會這麼猜測。」

說書人聞言，知曉安琴是個率直坦白，腦袋裡藏不了什麼心機的人。他不會質疑她的這番說詞，卻無法不在意她偶爾想起的一些記憶，他不知道這代表什麼，只覺得內心有些不安。

過了一會，他聽見空中傳來一道鳥類的振翅聲響，將手伸向半空，迎接貓頭鷹的回歸。

說書人看見安琴眼中的期待，便對她說：「這是一隻專門替我收送信件的貓頭鷹信差，剛才我放牠出去自由活動，牠多帶了一封信回來。若妳不介意，請幫我照顧牠

一下。」

安琴接過說書人手臂上的貓頭鷹，她輕撫牠柔軟的羽毛，無意中見到說書人的臉色隨著拆讀信件而越來越難看，便問：「那是誰寫的？」

說書人手裡握著信件，臉上那副欲語還休的模樣，似乎在考慮要怎麼告訴安琴，但他想了一會，還是把那封信遞交給她，讓她自己看。

安琴朗讀道：「給親愛的施洛德，經過上次與你感人重逢後，我決定留在這個城市，請你期待我們將以何種形式再會。雖然我也想早點見到你，但是不讓你等得心急難耐，這場重逢就沒有意義，你的好朋友敬上。」

說書人洞悉安琴困惑的目光，解釋的說：「這是我的仇家所寫的信，雖然我不知道他的動機為何，但是我必須留在這城市靜待其變。」

她按捺不住的問：「你的仇家……就是那個在歌劇院地下室，被你用槍指著的男人嗎？」

說書人沒有回答。

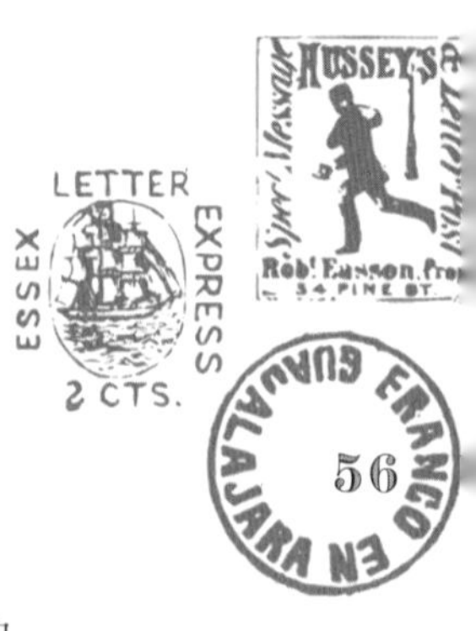

他從安琴手中拿回信與貓頭鷹，花了一點時間將兩者放置在皮箱後，回身以歉疚的目光看著她，說道：「關於那件事，我一直對妳深感抱歉，又不知道該怎麼表達，希望妳不要見怪。那個男人跟我之間的事，也請妳不要過問，這一切都是為了妳好。」

安琴本來還希望說書人能跟她解釋一下，沒想到他用一句話就堵住她的嘴，讓她只好壓抑這份渴望，故作鎮定地笑道：「既然如此，你要不要利用停留在城裡的這段時間，到舒赫伯爵家作客呢？我想請你參加本城的狂歡節，很有趣的喔！」

說書人挑眉，眼中閃耀著困惑的神色。

安琴很聰明的接話說：「你不知道嗎？狂歡節就是貴族為了顯示他們豪華的享樂生活，進而表現出來的方式，不管顯貴、平民都可以免費狂飲飽餐呢！在此期間，不僅各種食物非常豐富，就連各種美酒也能盡情暢飲，這是本城極氣派豪華的節日，希望你能留下來參加。」

對說書人而言，他的慾求並不強烈，也沒享樂的意願，更對美食沒興趣。但見安

琴那麼努力的遊說他，一副他若不去見識會很可惜的模樣，也就勉為其難的答應下來。

對安琴而言，她不是因為想要招待說書人才留他下來，而是基於對他那些複雜的過去有極大的興趣，加上她很想知道歌劇院事件的內幕，這才用盡心思地挽留說書人。

當然，她不準備把自己的心思告訴說書人，除非她不想尋樂子。

她裝出一臉天真單純的微笑，「我保證你會不虛此行的。」

說書人看著安琴的笑容，不禁讚美道：「安琴小姐，我認為妳擁有嬌弱的外表，但是卻有一顆堅強的心，想必與妳在一起的那位青年也很喜歡妳。」

安琴抬頭，與說書人交換了一個眼神，她發現說書人似是誤解什麼，於是急忙澄清地說：「咦，恩斯特嗎……我不知道他喜不喜歡我，但是他對我來說只是像哥哥的存在，我們之間沒有什麼。而且，恩斯特那傢伙老是說我目中無人，又愛逞強，常常讓他頭痛死了呢。」

「是這樣嗎？」說書人沉思，「我看你們總是一起行動，還以為你們是熱戀的情人。」

「才不是，完全沒這回事喔！」安琴不等說書人講完話，飛快說道：「我會跟他走在一起，只因為我們兩人從小一起長大，加上恩斯特很愛替人操心，如果不讓他跟來，他會一直嘮叨，讓人受不了。雖然我也喜歡他那種明理的性格，但是那跟戀愛不一樣啦，差很多的呢！」

安琴與說書人談話的同時，內心也悄悄想著戀愛這門艱深的學問。

她不知道別人是怎麼尋找那種心動的感覺，但是要她跟恩斯特湊在一起，心裡沒由來地覺得抗拒。

她並非討厭恩斯特，卻無法想像跟他成為戀人的畫面，對她而言，兩人之間的互動一點都不浪漫，不如當家人來得自然。

說書人愣了一下，露出一道拿她沒輒的苦笑，「是嗎？」

安琴驕傲地挺著身子，自信地說道：「我不管做什麼，都能清楚地知道自己想要

的東西，也就是這樣，我不喜歡因為被大家認定，就這麼糊里糊塗去做的感覺。總有一天，我要找到屬於自己的戀愛。」

說書人有些欽佩的看著她，當他們面前吹來一陣冷風，便提議道：「安琴小姐，閃耀著星星的夜晚總是如此迷人。要是妳不介意，在下想與妳共舞一曲，妳覺得如何呢？」

安琴有些嬌怯的點頭，對她來說，還是第一次與恩斯特以外的男人這麼親近。她把手放進說書人手裡，與他走進城堡內院，內心則期待另一段浪漫插曲的展開。

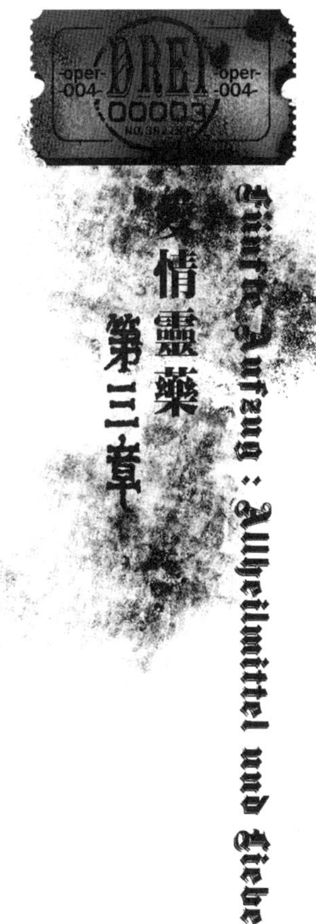

第三章 愛情靈藥

這時候，舒赫伯爵正與恩斯特在城堡一處無人的角落談話，父子兩人的神色有些凝重，彷彿這與他們傾談的話題有關。

「恩斯特，你聽清楚了嗎？我希望你能夠迎娶一名王公大臣的千金，藉此加強我們家族在宮廷中的政治力量。幸好今天赴宴的貴族們對你印象極佳，只要我們提出聯姻要求，相信他們也會有所回應。」

恩斯特嚴厲拒絕道：「父親，只有這件事，我不能聽從你的命令。」

舒赫伯爵對於自己兒子的回答並不感到意外，他沒有憤怒，而是口氣溫和地問道：「你既然這樣說，想必已經有傾心的對象了。你告訴我對方是誰，讓我為你拿個主意。」

恩斯特眼神堅定地看著舒赫伯爵，一臉毫不懼怕的說道：「父親，你應該比誰都明瞭我深愛羅蘭先生的大女兒安琴，希望你讓我娶她為妻。」

舒赫伯爵的臉色依舊愉悅，微笑地說：「我知道你要講這句話，而你也如我所想的把它說出來了。很好，我佩服你敢在我面前直述其事，無所避諱的勇氣。」

「父親哪！」恩斯特有些著急的看著舒赫伯爵，「我不可能像兄長一樣為了政治與經濟利益，跟陌生的女人結婚。這不符合我的個性，而且沒有愛的婚姻也必然不會幸福……請您三思。」

「不，你到底還是太年輕，有許多事情不曾仔細思量。恩斯特，你憑一時的感情衝動，決定娶一個地位低微的女人為妻，但你不知道，凡是好的婚姻都該由父母決定，而且我和你已過世的母親也是結婚後才培養出愛情，只有門當戶對的婚姻才能持久。」

見父親為了古板的階級問題而不肯讓他娶安琴，恩斯特又氣又惱，他壓下內心湧起的厭惡感，再道：「父親，我每天都在想這件事，而且想了很多遍。我不願意讓自己的婚姻，淪落為換取虛榮名譽與尊貴爵位的工具，這些東西我一個也不要，我只要……」

「你竟敢說我們家族的名譽與爵位是利益交換來的！」

舒赫伯爵震怒地看著恩斯特，他特別支開羅蘭就是不願把這些話傳出去，可是他這個兒子卻一再讓他失望。

舒赫伯爵想著，說話口氣變得沉重，「沒有我的允許，你什麼東西都要不起！別以為我會放任你胡來，聽見了嗎？」

恩斯特沉默不語，對婚姻懷著美好期待的心情漸漸沉了下去。他緊抿嘴唇，找不到反駁父親的理由，他知道自己年輕氣盛，卻沒有失去理智。

舒赫伯爵皺眉，用一種被激怒的聲調逼問恩斯特，「在我決定如何處置你可笑的愛情之前，有許多事情需要特別注意……孩子，你真的愛安琴嗎？」

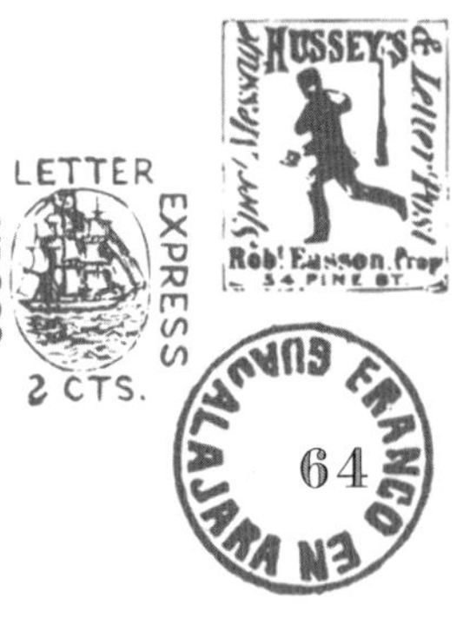

恩斯特回答，「如果我不愛她，絕不會冒犯父親的威嚴。」

「你為什麼愛她？」伯爵問。

恩斯特面有難色的看著父親，彷彿被父親這麼問，讓他很不自在。

「你如果要求我成全你的愛情，就必須回答我，你為什麼愛安琴？」

恩斯特的樣子變得沉重與憂鬱，他握緊著雙手，想了一會後說道：「我愛安琴，也愛她的整個人、整顆心。如果她是名門之後，我可能會因為她的地位與財富而愛她，但她什麼都沒有，卻有我在這世界找不到的純淨心靈，那便是我深愛她的原因。」

舒赫伯爵嘆氣搖頭，隨即以溫和的聲調說：「恩斯特，你要知道結婚是兩個家族的大事，你的妻子就算不是千金小姐，也得學會貴族的禮儀。我給你一個機會吧，要是安琴能像她的妹妹安瑟那樣懂事識大體，我就答應你們這門婚事。」

聞言，恩斯特喃喃地說：「要安琴像安瑟一樣……那是不可能的事。父親，您知道安琴生性直率，不像其他女人那樣做作，要她變成一個貴族小姐比登天還難，沒有

其他方法了嗎？」

「有，那就是你娶一個真正的千金小姐，死了跟安琴結婚的這條心。」

父親的聲音像根冰冷的針，刺得恩斯特內心隱隱作痛。

舒赫伯爵拍拍恩斯特的肩，看兒子那臉苦悶的表情，他沒說什麼，便與恩斯特折返回到內院。

此刻，城堡正在舉行盛大華麗的舞會，宴會場地洋溢著一片歌舞昇平，熱鬧繁華的景象。

男人與女人陷進浪漫熱情的樂曲之中，不可自拔地跳著舞，就像一朵朵盛開的鮮艷花兒，綻出愛情的濃烈氣氛。

不過這一切對恩斯特來說都是毫無意義的，他走進宴會廳後，就一面專心地想著

該如何試探安琴的心意，一面與舒赫伯爵走向站在廳院角落的阿德里安等人。

他遠遠發現安琴與說書人正在跳舞，還成為眾人目光的焦點。不知為何，他看著兩人親密的互動，打從心底感到不滿。

「那個男人怎麼會在這裡？」

阿德里安聽見恩斯特喃喃自語的聲音，便說：「恩斯特，你們父子談話談得真久，看見了嗎？那個和安琴跳舞的男士可真厲害，一出場就像暴風般吸引了所有人的目光。他長得英俊，又以絕佳的舞技席捲整個舞會，讓不少名媛淑女看了都在嫉妒安琴呢。」

恩斯特的目光追隨著隨樂曲舞動的安琴身上，看她面帶羞澀的微笑，他下意識握緊雙手，責怪地看著阿德里安與安瑟，「你們為何不阻止安琴跟那男人跑去跳舞？那個男人為何在這個地方，這太不尋常了！」

阿德里安說：「這究竟是怎麼回事，難道你們認識？」

恩斯特點了點頭道：「我跟安琴曾因為歌劇院發生一連串的殺人意外，與他有過

幾面之緣。那男人給我一種感覺，他是個很深沉神祕的存在，沒事最好別跟他走得太近。」

「恩斯特，你說的是真的嗎？」

舒赫伯爵聞言，面帶好奇地看向遠處，「我也略有耳聞那件意外，聽說歌劇院流傳駭人聽聞的傳說，記得前些日子你跟安琴還很熱衷地討論……怎麼，難道這件事跟那位男士有關嗎？」

恩斯特不說話，雙眼帶著既冷又熱的嫉怒神色看著安琴。他從未見過有哪個女子，能笑得像她一樣微笑如花，讓他絲毫無法將視線移開。

對恩斯特來說，他太年輕，又因為家境富裕而從未嘗過挫折的滋味。他一直相信總有一天能跟安琴戀愛結婚，加上安琴身邊沒有任何追求她的男性，進而加深恩斯特的信心。

他以為安琴愛著自己，只是她還沒發覺對他那份隱藏的愛意，所以他一直在等待安琴開口向他示愛。然而現在，他見到她與另一個男人過分親近的模樣，從那兩人身

上感受到一種令人發窘的疏遠感，正狠狠肆虐他的心。

此時舞會隨著一首樂曲的結束，跳舞的人們各自散開。

恩斯特見安琴與說書人站在原地，兩人不知說了什麼，只見說書人帶著客氣禮貌的神情，與安琴緩緩走了過來。

他極力鎮定內心混雜而不悅的情緒，向後退開一步。

安琴拉著戴著黑帽的男子，興奮地對恩斯特揮舞雙手，見恩斯特似乎不太高興，便轉向舒赫伯爵說道：「伯爵先生，我向您介紹，這位是說書人先生，也是我先前跟您提起在歌劇院見過，以說故事的方式維生的男人，他很了不起喔！」

舒赫伯爵對說書人點頭，「聽恩斯特說，你和那些殺人意外有些牽連？你看起來很眼熟，我們曾經見過面嗎？」

說書人嚇了一跳，沒想到舒赫伯爵會問得如此直截了當，便看著安琴，想尋求她的說法。

「呃……呃，伯爵先生，您好討厭喔，怎麼這樣問別人呢？還有，恩斯特，你不

要隨便亂說話，說書人跟歌劇院又沒關係，被你這麼一說，要人家怎麼解釋呢？」安琴皺起眉頭，看來很不高興。

恩斯特抿著嘴唇，對安琴那套說法倒是不以為然，「如果真的沒關係，為何一遇見我們就要問歌劇院的事？總之，我對那些不肯表露真實身分的男士沒好感，妳也快點清醒吧，那傢伙不是妳可以瞭解的存在，快過來！」

說書人見恩斯特把安琴帶在身邊，看他的眼神，就像在看一個闖入者。他嘴角浮出略為傲慢的微笑，就像為了挑撥恩斯特似的走向舒赫伯爵，同時將帽子脫下，露出他風靡舞會的那副優雅氣度。

「舒赫伯爵，您的大名在科米希城裡可是無人不知，就連在下也曾經耳聞過您對稀奇古怪之事的愛好。若您不嫌棄，在下希望能夠為您說有趣的故事，您認為如何？」

舒赫伯爵釋懷的點頭，「原來如此，但是……說書人是你的本名嗎？」

說書人看著伯爵的眼神有些微妙，不似他平常看人的冷淡疏遠，而摻雜了一種高

調傲慢的神情。他將目光越過舒赫伯爵的肩頭，筆直地落到恩斯特眼底，刻意溫和地笑了笑。

「說書人是在下的職業，雖然真實姓名不足掛齒，但是閣下可以稱呼我為施洛德……我的名字是施洛德・戴維安，門第高貴的舒赫伯爵。」

這時安琴推開恩斯特，搶在舒赫伯爵之前，訝異地說：「哇，我第一次聽見你的姓氏呢，戴維安……戴維安先生，今後我就這麼叫你好嗎？」

說書人微笑，「請安琴小姐隨意就好，就算妳一個眼神，在下也能感受到妳的呼喚。」

舒赫伯爵見施洛德與安琴很談得來，於是走上前對他說道：「既然你已表明身分與來意，你就跟我們一起回府吧，相信你是個很有意思的人。」

安琴看舒赫伯爵允諾說書人的請求，便見縫插針地說：「伯爵先生，謝謝你答應帶戴維安先生回家。不過我有個不情之請，現在城裡正在舉行一連串的歡慶活動，能否順道帶他見識一下咱們的狂歡節呢？我想這一定也很有意思的。」

恩斯特看見安琴與說書人相望的模樣，簡直受不了。再放任這兩人下去，他一定會衝上把他們用力分開，不准他們這樣互視彼此下去！

他打破沉默，向舒赫伯爵勸道：「父親，您真的要帶這個無名的人回家嗎？請考慮一下。城內聽過您名號的人多得不勝枚舉，這個人靠一張嘴吃飯，想必經常說些違心之論的好聽話來哄騙無知的人，我們沒必要自找麻煩……阿德里安，你也這麼認為吧？」

阿德里安見恩斯特的眼神帶著焦灼的暗示，他聳聳肩，苦笑道：「恩斯特，我很想幫你說話，但是這個人說話得體，態度禮貌，就像出身良好的紳士。我反而覺得是你想太多，這不像平常待人親切的你。」

安琴猛點頭，嘴裡說著「沒錯沒錯」，她還跟阿德里安道謝，活像什麼受了天大委屈似的。

舒赫伯爵對自己的兒子說：「恩斯特，阿德里安說的沒錯，我並不覺得戴維安先生有什麼惡意。再說城裡舉行狂歡節，大量湧入街頭藝人，我對他們感到很有興趣，

想趁勢多辦幾個宴會，好彌補之前未能去歌劇院看戲的遺憾，你不要再用心眼去度量別人，知道了嗎？」

恩斯特被舒赫伯爵這麼說，他忍不住看了看說書人，見對方一副穩泰持重的樣子，說話的聲音溫和而低沉，天然的魅力吸引許多對他有興趣的人，包括安琴。

沒錯，跟對方相比，他變得有心機、氣量小，無地自容的人應該是他，不是那個整天提著皮箱，永遠都一副招牌笑容的奇怪男子。

恩斯特瞪著說書人與安琴，恨不得這個男人從她身邊滾開。

當他看見說書人平淡而少有表情的臉上，出現一抹挑釁的微笑，雖然沒人看得出來，他就是知道那微笑是針對他來的！

恩斯特也沒有辦法不去看安琴。但是他屢次見她臉上堆著笑容看著說書人，內心就會感到沉重的苦痛。

他知道，安琴正值花樣年華，很難不對說書人產生仰慕的好感，一個行事低調，冷漠不起眼的男人散發的神祕氣息，最能吸引無知少女的心。

恩斯特內心非常複雜，沒想到他竟無法阻止父親把他的情敵帶回家。

他該怎麼辦？難道要看說書人與安琴共處一室，終日甜甜蜜蜜的相處？說不定他還會失去所愛的女子……不，這太可怕了，他不能允許這種事在他眼前發生，不管如何，他都一定要搶在說書人之前向安琴表白！

恩斯特轉頭，與安琴的眼睛相觸。他鼓起勇氣用力抓著她的手，趁舞會正熱鬧的時候，將安琴連拖帶拉，與她一起離開眾人面前。

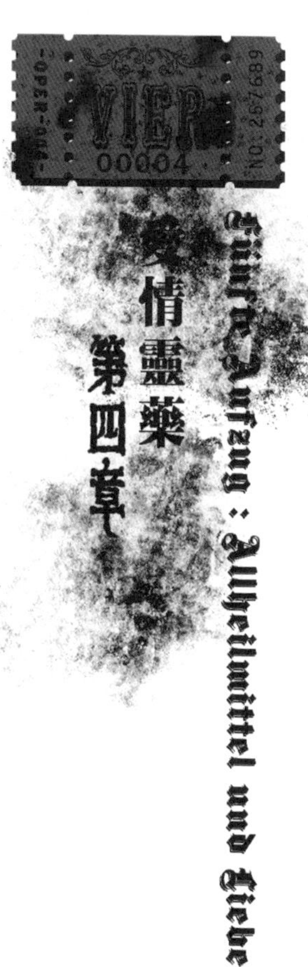

第四章 愛情靈藥

蒼茫的夜色中，清涼的晚風已經變得十分寒冷，被寂靜夜色圍繞的森林城堡，突然間被一道喧嚷聲攪亂了平靜的氣流。佇立在城堡院子的樹林發出微顫的聲音，彷彿這是它對人們破壞氣氛的一種抗議。

「恩斯特，好痛，你做什麼嘛？」少女氣憤的說著，不等拉著她的青年放手，便擅自從他手裡掙開。

恩斯特抓住安琴的臂膀，不讓她有機會離開自己眼前，將她拖到無人的院子角落，以銳利眼神盯著她，逼問道：「妳為什麼老是跟那個男人在一起，難道妳喜歡那種陰暗的男人嗎？」

「那個男人……你在說誰？」

「妳是真的不懂，還是假裝聽不懂？我說的男人，就是那個跟妳親密的跳著舞，一臉深沉、賣弄神祕的男人……安琴，妳明知故問，難道妳不知道我現在的心情嗎？」

「唔，對不起，我這個人就是粗枝大葉，察覺不出你這位貴公子的心情。」安琴隨即點頭，語帶冷漠地回答，「但是你說話也要禮貌一點，戴維安先生有名有姓，才不是什麼那個或這個男人呢！」

恩斯特聞言，內心頗感猶豫，他不知道該如何告訴安琴先前與舒赫伯爵談的那些事，更不知道該如何向她表達自己的感情。當他煩惱著要怎麼把話談至這方面，才不會驚嚇到安琴，卻發現她皺著眉頭，他急忙退開一步。

安琴覺得現在的恩斯特有些奇怪，但她說不出理由，又不想聽他莫名其妙說她聽不懂的話，便趁他沉默的時候，趕緊搶先一步的說：「你真奇怪，為了這種事就特地

把我拉出來，待會回去非得向大家道歉不可……恩斯特，你怎麼了，四處亂吃飛醋的行為可不像你會做的事。」

「對，我也不知道我為何如此失常……但是我知道讓我失常的理由只有一個，就在這座城堡，就在我面前。」他試探性的說道。

安琴抬起驚訝的目光，關切地看著他，「原來如此，你說的是女人，難怪你今天這麼不對勁。你已經二十四歲了，要聽伯爵先生的話早點結婚，但是那個讓你失常的人究竟是誰，能不能讓我見見她？」

「妳想見她？」

「對呀，你跟我情如手足，我們感情這麼好，難道我不能搶在大家知道之前，先見你的意中人嗎？」安琴帶著惡作劇的笑容對恩斯特說：「不要這麼小氣，快點告訴我，你是怎麼愛上她的？像你這種不敢跟女人說話的小子，還真有勇氣呢，對方一定是個大美女吧？」

安琴萬萬沒想到，她這些話正是引爆恩斯特憤怒嫉火的起點。

「妳好像很興奮。」恩斯特冷冷地問。

「怎能不興奮呢，看伯爵巴不得你快點結婚，你又是城裡少數未婚的俊秀青年，等你結婚一定會成為人們口中的大新聞喔！不瞞你說，我無意中發現阿德里安跟安瑟原來是一對戀人，還真的把我嚇了一跳……對了，你跟他交情這麼好，是不是要同一天結婚娶新娘啊？」

安琴高仰著一張臉，明亮的眸子就這樣直視著恩斯特，她對他異常的冰冷口氣毫不起疑，只是既興奮又期待的等他回答。

「那兩個人的事就把妳嚇成這樣，妳一定不知道，父親找我談了一件事，也把我嚇了一跳……他要我跟王公大臣的女兒結婚，甚至已經替我決定了對象。」

安琴長得嬌小，非要踮起腳尖才能看得到恩斯特眼底熱切期望與悲苦的神色，這個發現令她覺得驚訝，更不瞭解恩斯特提起結婚之事，面容為何如此哀傷。因為對她來說，恩斯特跟她總是無話不談，甚至連心裡想什麼都告訴她，從未像現在這麼教人難以捉摸。

她回憶昔日情景，她從小就跟父母親、妹妹一起住在舒赫伯爵的花園洋館。她自小活潑好動，與溫順的妹妹沒有共通的喜好，總是跟恩斯特一起玩捉迷藏、扔石頭、爬樹的遊戲，兩人玩在一起，就像兄弟手足般自然。

然而，她那男孩子似的行逕讓母親十分頭痛，雖然母親想好好管教她，但是沒多久便被召進宮廷當某個顯貴的管家，忙得沒有空教養她，只好放任她在一群男人堆中長大。

於是，安琴的行為與性格，理所當然的像男人一樣大而化之。她是個心口如一的人，總是率直地把心裡的話照實說出來，她不瞭解恩斯特的想法，也不懂他究竟要說什麼，只能這樣看著他。

「有這麼嚴重啊，難道你喜歡的對象不是什麼貴族小姐？」她耐不住性子，經過一段時間的沉默便開口問道。

「是。」

恩斯特對安琴說：「我已經有喜歡的女子，雖然她出身低微，但是在我心裡，她

比任何人都還要美麗，她難能可貴，在這個混雜不堪的俗世，就像是一顆美麗的珍珠。」

「這……這可不得了！」安琴雖然心裡有些吃味，但仍然想了想，說：「這樣好了，你快點告訴我她是誰，我好替你拿個主意。放心，我安琴小姐不會被嚇到的，不管她是販夫走卒或平民百姓的女兒，只要我能幫上忙的地方，我絕對會撮合你們這門親事，幫你在伯爵先生那裡說些好話。」

恩斯特沉重地嘆了口氣，「多謝妳的好意。但是不管我多麼深愛著她，那個女子卻看不出我的感情，教我難過極了。」

安琴是個活潑直率的女人，可她卻沒有體貼溫柔的心地。當她見恩斯特說話如此迂迴曲折，便發脾氣道：「喂，你今天一定要給我說個明白！哪有人講話講得這麼不清不楚，我不曉得你喜歡誰，怎麼幫你啊？」

恩斯特試圖暗示安琴，他喜歡的女人正是她，可是安琴這個少根筋的傻瓜，不但察覺不到他的心思，還興致勃勃地要「撮合」他跟另一名女子的親事！

天底下哪有這麼傻呼呼，而且還是他深愛的女人嘛，這難道是他生命中第一幕悲劇嗎？

恩斯特壓抑不了內心激動的情緒，他拽住安琴的兩隻手腕，直接往她身後一堵石牆上壓了過去。

「妳既然想知道她是誰，我現在就告訴妳！她是一個無時無刻在我身邊，常常讓我為她擔心、為她心煩的女人。即使她不像女人那麼溫柔可愛，換上女裝後卻美得讓我心動懊惱，在我擔心其他男人看見她的美貌，進而愛上她的時候，她卻急著替我找對象，談親事……安琴，妳知道她是誰嗎？她就是喜歡四處闖禍，喜歡讓人為她牽腸掛肚，但是我仍然深愛她的那個女子！」

當安琴聽見恩斯特向她誠實以告的這些話，她腦中變得一片空白，完全不知該怎麼形容她現下感受到的震撼。她的眼神充滿驚惶不安，還有一些難以置信。

她張著不停發顫的嘴唇，艱難地開口說道：「你……你在說我嗎？你喜歡的女人……是指我嗎？」

「不然我要喜歡誰呢？妳難道以為我天天跟著妳，只是純粹把妳當成妹妹擔心妳、關心妳，毫無一絲男女的感情？」

安琴面容蒼白，眼神黯然失色，她無意識的搖著頭，說：「我……我不知道，在你對我說這些話之前，我一直是把你當成哥哥看待……老實說，我從來就沒有想過我跟你之間會有愛情……你怎麼可能喜歡我呢，像你這麼高貴的人，為什麼要喜歡我呢？」

恩斯特哀嘆地問：「難道……妳從來沒有感覺到我對妳的感情，我只能當妳的哥哥？」

安琴還是搖頭，除此之外，她無話可回。

恩斯特見自己苦戀的無奈與愛意無法被回報，他內心的痛苦有如刀割。看安琴不但沒有察覺，還這麼吃驚，就好像他不應該愛上她一樣。

兩人經過良久的沉默，由恩斯特打破這寂靜的空間，他咳嗽幾聲，吸引安琴對他的注意。

「安琴，我告訴妳，雖然父親要我娶貴族千金，但是我不願意，因為我愛的女人只有妳。如果妳也有一點點的喜歡我，請妳跟我一起努力奪得父親對我們的好感……好嗎？」

安琴聽見恩斯特的這句話後，像是觸電一樣地從他身邊彈開，隨即拒絕道：「我不要。」

「妳說什麼？」

「喜歡你很麻煩，一定很麻煩，像你這麼文謅謅的人，跟我一點都不合！我們根本不一樣，怎麼合得來呢？不要，我不要！」

「妳怎麼知道我們合不來呢？我相信，只要我願意並接納妳的一切，等我們結婚以後，我可以改變妳的性格，就像安瑟那樣！」

安琴憤怒的睜圓杏眼，怒不可遏，「恩斯特·馮·舒赫先生！你說來說去，就是嫌我配不上你，要我變成一個能與你匹配的完美女人嗎？」

「安琴，不是這樣的，妳聽我說……」

恩斯特曉得雖然安琴學識粗淺，可對於女性的權利還是極為看重。他無意間說出父親的期望，竟會讓她這麼生氣，這是恩斯特從未料想過的。

「我告訴你，本小姐身分低下，配不上出身高貴的伯爵公子，你最好死了心，才不會讓伯爵先生為難！」

恩斯特沮喪地看著安琴，自己帶著真誠深刻的表白，竟換來安琴絕情的否定。他頓時感到氣憤極了，好像整件事情從一開始只有他一頭熱，他花了那麼多心力表白，實在太吃虧了。

恩斯特怒不可遏，假裝對安琴冷漠地說：「對，像妳這種全身上下沒有一個地方像女人的傢伙，根本不值得我愛……行了嗎，妳要聽的就是這種回答？」

安琴又氣又怒，當場把恩斯特推開，「是你跑來對我表白的，我又沒發瘋招惹你，為什麼我要被你羞辱？你去跟別人結婚，他們有錢有勢，我什麼都沒有，行了吧！」

恩斯特被安琴這麼兇巴巴的對待，自覺臉上掛不住面子，便順了她的意，賭氣說

道：「是妳說的，我回頭就找幾個貴族小姐相親，妳不要後悔。」

「誰會後悔啊，你這個大笨蛋，呆瓜，去死吧！」

安琴咬牙切齒，趁恩斯特轉頭離去的時候，彎腰撿起地上一塊石頭，朝恩斯特背上砸了過去。

恩斯特轉過身，感到原本滿腹的怒氣，都在這時變成淒慘悲涼的嘆息。他不知道怎麼把想法傳達到安琴心裡，只認清了一件事，他永遠都失去她了。

「隨便妳。」他說。

安琴與恩斯特憤怒地瞪著彼此，當他們的目光相觸，便很有默契的做了同一件事——兩人各自往不同方向的兩端走廊走去，裝做沒事的回到城堡內院，把發生在今晚的事情統統遺忘。

隔天早上，恩斯特在清晨第一道曙光射向窗戶的時候就醒了。

他回想昨天是自己有生以來，最糟糕丟臉的一個夜晚。他睡得很不好，幾乎整夜沒闔過眼，迴轉在腦海的，幾乎都是他與安琴大吵一架的畫面。

恩斯特拒絕承認失眠，當他倒在床上翻來覆去，精神好得還能胡思亂想，只好翻身下床，洗把臉，在侍女的伺候下穿好衣服，開始嶄新的一天。

他下樓走到大廳，在明亮的日光照耀下，從一群圍坐餐桌四周的賓客當中，發現一個熟悉的背影。

恩斯特聽見一道朗亮的聲音，伴著眾人的談笑聲傳了過來，便不悅的皺起眉頭。他得承認，從他一起床的時候，就感受到一股莫名的威脅與壓力，它們源源不絕地湧了過來，讓他打從心裡覺得煩悶。

雖然他不曉得那些人正在聊什麼，可是他看見說書人在他平常坐的位置，以風趣的言辭與流利的口才，逗得賓客哈哈大笑。

恩斯特見說書人談知識、學問、政治、旅行……不管談什麼都無不知曉，還以那

副自信的模樣吸引眾人的目光，彷彿取代自己在家中的地位。恩斯特心中感到強烈的不悅，深吸一口氣之後快步邁向大廳，刻意大聲地咳嗽。

「各位日安，早上睡遲了，看你們聊得這麼愉快，是否也能和我分享呢？」

圍坐在大廳，正在享用早午餐的舒赫伯爵與數名家人，以及羅蘭管家跟他甜美的兩個女兒聽見聲音，紛紛以親切的目光迎接恩斯特。

恩斯特拉開一把椅子，神情從容的入座。他看著侍女端來餐具，忙著為他倒飲料添點心，就像在任何貴族家中都能見到的用餐景象。

「舒赫公子，日安。」說書人起身，態度禮貌地向他鞠了一躬，「我們正好談到羅蘭先生的二位小姐，城裡的市民稱讚安瑟小姐溫順美麗，多數貴人都向她求婚，被稱為理想的妻子……安琴小姐活潑大方，也頗令人動心，不曉得您有何看法呢？」

見說書人一副貴族紳士的派頭，恩斯特不高興的扭開頭，壓根不想理他。

舒赫伯爵見狀，神色不快的數落著兒子，「恩斯特，別人在跟你說話，怎麼不回答？」

說書人站在桌邊，向恩斯特點一點頭，然而恩斯特不願作聲，整個人僵硬的待在原地，一張臉繃得死緊。

恩斯特努力使自己平靜，聽見屋裡的侍女壓低聲音談論說書人，她們每個人眼中都流露出對他的欽慕，真是讓恩斯特在意得不得了。

「舒赫公子，您看來似乎不太歡迎我，在下還是識相點，去外面透氣好了。」說書人提起放在座上的隨身物品，在轉身之前對恩斯特說：「對了，您昨晚跟安琴小姐突然離開舞會，回來的時候帶著一張氣紅的臉，好像剛吵過一架呢……我料想，這可能是因為我的緣故，在此向您賠罪。」

安琴聞言，立即跑過去安撫說書人，「戴維安先生，您不要這麼說，這是恩斯特的錯，跟您一點也沒有關係。他吃錯藥，嫉妒你長得比他帥！」

說書人伸手制止安琴，笑笑的回答，「老實說，我很羨慕舒赫公子擁有這麼強烈的感情，不管那會不會令人困擾，都是他身為一個男子率直的表現。」

安琴迷惑地看了看恩斯特，說道：「我覺得像戴維安先生優雅出眾的氣質，英挺

的外表，溫和的脾氣，那才是一個上等人的表現哪！」

恩斯特見說書人刻意在安琴面前讚美他，裝出一副得了便宜還賣乖的嘴臉，不禁氣得發抖。

當他聽到安琴批評自己的聲音，一時氣不過便怒視兩人，回嘴道：「很抱歉，我不是什麼上等人。但是我不懂，像妳這樣粗俗的管家女兒，怎麼會喜歡像戴維安先生這種人？妳不是說過，妳跟文謅謅的男人不合嗎？」

安琴的面頰有點紅，一臉更是被恩斯特說中似的發窘。

她避開說書人訝異的目光，氣呼呼地反駁道：「你別亂說，我喜歡什麼人關你什麼事，不要你管！」

恩斯特氣極，當場大手一揮，要侍女端著餐點回他房間。

舒赫伯爵罵道：「你這孩子的態度如此失禮，居然擺出貴族子弟的高傲模樣，快坐下來，別讓客人看笑話。」

恩斯特壓下怒氣，忙著向父親解釋，卻又看見安琴拉著說書人，兩個人帶著笑

容，不知談了什麼。恩斯特心一急，大聲喊道：「安琴，妳要去哪裡？」

安琴躲在說書人身後，朝恩斯特聳鼻子做鬼臉，她不等恩斯特發怒大吼，連忙挽著說書人，蹦蹦跳跳的跟他一起離開大廳。

恩斯特的這一頓餐點，是在滿腹懊惱與氣憤下度過的。

回想起說書人臉上自信的笑容、得體的談吐，還得到所有人的一致讚美，他忍不住恨恨地喝下一口咖啡，就像痛飲情敵的鮮血。

恩斯特在大廳用完早餐，打算照預想的行程出門透透氣，他卻忽然看見阿德里安一臉挫敗地從長廊的方向走到大廳。

他將好友叫了過來，關心地問道：「怎麼了，你看起來好像很失意。」

阿德里安一臉憂鬱的嘆氣。

「唉，我剛才找了一個機會，向羅蘭先生試探一下提親之事，沒想到他竟然不肯把安瑟嫁給我，簡直讓我灰心極了。」

恩斯特問：「這怎麼可能？你跟安瑟兩人郎才女貌，家世也很匹配，他有什麼理由拒絕城裡最年輕有為的商人向他求親？」

「說到這個，我就一肚子苦水！我原本以為這門親事會談得很順利，沒想到羅蘭先生告訴我，他不想讓安瑟比她的姐姐先嫁出去，任我怎麼哀求，他就是不答應。我們談得不順，只好就這樣草草結束……」

阿德里安對恩斯特懇求地說：「你要想辦法解決這件事情，否則我們兩對佳偶就不能同日完成終身大事了。」

「我要想什麼辦法？」恩斯特看著阿德里安，口氣不好的怨聲道。

「什麼，你還沒向安琴求婚嗎？」

恩斯特滿腹無奈地說起昨天向安琴求婚未果的事，「被她拒絕了。」

「什麼，你是不是男人，怎麼連一個女人都搞不定？」

恩斯特默然不語，對好友的批評也一概不理。但要是阿德里安再言語刻薄地嘲笑他，說不定他會氣得賞這人一巴掌。

「恩斯特，你倒是快點說話啊！」阿德里安看出恩斯特埋藏在眼底的幽苦神情，便道：「你昨晚不是把安琴帶出城堡了嗎？怎麼樣，你有沒有好好利用機會跟她說明白？」

恩斯特拉高嗓門嚷了起來，「說明白又怎樣？她對我根本只有兄妹之情，毫無男女之愛。就算用脅迫的手段逼她跟我結婚，我一點也不開心……算了，你自己去結婚吧，很抱歉讓你失望。」

阿德里安對恩斯特如此絕望的回答，簡直不能接受。他連忙鼓勵好友，深怕恩斯特放棄，「恩斯特，我不知道你們究竟發生了什麼事，但是你不能優柔寡斷。想要結婚，就得拿出男性的魄力說服安琴！」

恩斯特知道，阿德里安說這些話都是想要激勵他，然而好友的一片好意卻讓他相當不快。恩斯特心裡明白，儘管他喜歡安琴，可是她的性格倔強頑固，無法成為令父

親滿意的溫柔小姐，而且照目前的情況，安琴根本不接受他的感情。

他心亂如麻，除了嘆氣之外，也不知道該怎麼辦了。

阿德里安見恩斯特想事情出神，一副憂傷的模樣，不禁惱怒道：「喂，你裝什麼青春期少男煩惱的樣子啊！像這種時候，你應該用壓倒般的氣勢說服她，如果她敢不從，就真的壓倒她，把她壓在地上，她就什麼都聽你的了！」

恩斯特恨恨地說：「好啊，你對安瑟做一次這種事給我看！」

阿德里安見恩斯特發脾氣的模樣，氣憤的態度因此軟化下來。他起身走到好友身邊，溫言軟語地開解道：「你一碰上安琴的事，原本聰明的性格就變得衝動與不理智……如果她不答應你的求婚，你可以想想其他法子，這樣總比兩個人鬧得不愉快好多了。」

恩斯特深吸一口氣，口吻僵硬的把昨晚的事統統說了一遍。

「原來如此，你被舒赫伯爵開出條件，要想辦法改變安琴的性格，才能跟她結婚……不過，這可是天大的難關啊。」

「我們知道安琴的潑辣絕非浪得虛名，她不但經常為難安瑟，還戲弄家庭教師。更是一天到頭穿上男裝跑出去玩，連羅蘭先生都拿她沒辦法，要改變她談何容易！」

「但是，她與現今的女子不同。單純天真，心靈潔淨得像水晶一樣清澈，就因為毫無心機，才能表現得自然率真。」恩斯特微笑地看向阿德里安。

「不過你父親可沒辦法欣賞安琴這點特質，你不妨想想看，到底是符合長輩期望的安琴好，還是不受世俗拘束的安琴好？我曉得你獨愛她這種個性，可是恩斯特，你不能讓自己陷入這種與現實糾結的苦惱。」

阿德里安見恩斯特默然不語，於是說道：「對了，我剛才進門的時候，看到安琴跟一個男人有說有笑的走了出去，他不就是舒赫伯爵招待的客人嗎？」

恩斯特想起說書人，很沒好氣地點頭。

「安琴現在拒絕你，只是一時孩子氣的衝動。不管如何，你一定要去看看他們的情況，年輕少女禁不起俊美男子的誘惑，特別是像那種帶有深沉魅力的男人，更是專門縱橫情海的人中翹楚！如果你不去的話，就等著安琴跟別的男人私奔吧！」

恩斯特聽了阿德里安精闢的分析，便忐忑不安地問道：「我該怎麼辦才好呢？安琴雖然不喜歡我，但是我不能不管她呀！」

阿德里安說：「我進門時聽到他們說要去參加狂歡節，也許人已經在廣場看表演了。你快點追去跟在他們後面，說不定還能阻止什麼。」

恩斯特點頭，他向來內斂的眼神，正因為感情激動而發出閃耀的光芒。他顧不得自身的尊嚴與理智，匆忙奔出家門的模樣，看起來就像一個擔心妻子的丈夫。

第五章 愛情靈藥

話說安琴與說書人正在廣場欣賞街頭表演，他們看著眼前上映的各式雜耍，品嘗各種美味的料理與好酒，難以自拔地陷入狂歡節的氣氛。

安琴見說書人不太瞭解科米希的節慶，於是熱衷地為他講解表演的內容。她一面說話，一面觀察說書人的反應，發現他看著柏林大道的方向出神，頓時明白他心中牽掛的，還是那座帶著奇異與感傷氣氛的歌劇院。

她看了他一眼，輕聲問道：「戴維安先生，你為何這麼在意喜歌劇院？是不是那裡有使你難以忘懷的事情？如果可以，你把我當成一個能夠傾訴苦悶心事的朋友，總

比悶著不說好。」

說書人見安琴一副為他擔心的神色，他雖然一心想著過去的往事，仍然露出溫柔的微笑，「安琴小姐，感謝妳的關心，舒赫公子這麼喜愛妳的原因，在下總算有點明瞭了。」

安琴一聽到恩斯特的名字，心裡就感到一陣氣憤。自從恩斯特向她表白心跡，被她拒絕之後，一直處於情緒失控的情況，不是對她的話有意見，就是專找說書人的麻煩，她真是越來越搞不懂他了。

她不懂，難道她連拒絕的權利也沒有，要像任何女人一樣高興地接受他的感情嗎？如果他要一個會帶著羞怯微笑接受他愛意的女人，他不一定非要她啊！

就在安琴低聲抱怨並數落恩斯特的不是時，她耳邊傳來說書人細微而溫和的聲音。

「安琴小姐，這裡有點吵，我帶妳去比較安靜的角落。」說書人邁開步伐，轉向另一條人煙稀少的街道。

當他走了一會，轉身帶著催促的目光望著安琴。見她不停努力地跑著跟過來，那蹦跳的影子映在地上，彷彿為冷清的街道帶來一絲活力，這讓說書人失笑了一下。

安琴跑得太急，就在她腳下踢到石頭，差點跌倒的時候，感到一道強壯的力量撐住她的身體。她慌張地抬頭，與說書人的目光相觸。

「嗚哇，對不起！」

「小心別跌倒了，我扶著妳走，這樣好多了吧？」說書人動作輕柔地握住安琴的手，腳下緩慢的開步，引導她跟隨自己的節奏。

「唔，我好多了。」

她想了一會，耐不住性子的說道：「戴維安先生，你能告訴我，為什麼你總是以悽苦的眼神望著歌劇院，為什麼臉上帶著許多深沉的祕密嗎？」

說書人驚訝地看著安琴。

「我本來以為你是普通的說書人，可是我現在對你感到有很多疑問，覺得你和那間歌劇院有密不可分的關係！」安琴說完，便期待他回話的揚起目光。

「妳為什麼會這樣覺得？」

「我不知道，就是心裡的一種直覺吧，它總是簡單而沒有道理的。」

說書人聞言，便壓抑自己情緒的低聲說：「唉，在下佩服妳敏銳的觀察力。不過，一切都要從我跟某人之間的因緣說起……這是一個由無數的故事與回憶交織而成的慘痛過去。雖然妳不記得了，但是我們曾經見過面，只是妳因為某個不可抗力的因素忘了我。」

「不，其實我也隱約覺得曾在什麼地方見過你，跟你談過這些事情。」安琴困惑地看著說書人，「可是，我至今仍對遺忘你的這件事感到半信半疑，如果我見過你，為什麼又會忘了你呢？」

說書人搖頭，隨即以平靜的聲調說：「安琴小姐，我想問妳一件事，那座歌劇院……從以前就傳出有魔鬼棲息的流言嗎？」

安琴瞇著眼睛，搖搖手指，嘴角有一道狡猾的笑意，「嘿，你想不費一絲力氣就從我這裡探聽消息，那可不成。如果你肯拿自己的故事跟我交換，我就把魔鬼和歌劇

院的事，統統告訴你。」

說書人把所有心思放在魔鬼身上，為了知道他的仇敵究竟有何底細，儘管他不願意說起自己的過去，但他見安琴好像熟知歌劇院之事，心意動搖之下只好皺眉苦笑道：「妳還真擅長把握任何可以利用的機會……好吧，我答應妳。」

「不要這麼說嘛，我看了很多小說，練就一身敏銳的觀察力。我有談判的籌碼，自然有立場跟你交換情報囉！」安琴見她改變了說書人的決定，微笑道：「說到魔鬼，我想問你一件事。那天跟你在地下室的男人，就是你口中的魔鬼，也是你的仇家嗎？」

說書人臉色僵硬的點頭。

安琴又說：「可是，他看起來像普通人，我還記得他被你開槍射中的時候，手臂還流著血……既然如此，他怎麼會是如幽靈般虛幻的魔鬼呢？」

「一般的槍打不透他的身體，但我的純銀手槍是專門驅邪的武器，用它射擊，就能令魔鬼受到相當的創傷……妳應該記得他最後變成幻影消失吧，這就是那傢伙厲害

的地方。」說書人從槍袋拔出手槍，像展示似的讓安琴看了看，再將它收回去。

安琴回答，「好，我把我知道的一切全都告訴你……事實上，歌劇院從開設以來，經常傳出有魔鬼棲息的傳言。但是鬧出意外事故，以及一連串的殺人事件，都是在今年發生的……對了，從歌劇院經理被囚禁在地下室的那件事開始，歌劇院變得很奇怪，老是出現很多怪事，難道這跟魔鬼也有關係？」

「妳說什麼？」

說書人從安琴的話語中發現，一切都是從他踏進這個城市的時候發生變化，雖然讓人難以置信，卻是鐵一般的事實。

他原本以為，魔鬼藏匿在歌劇城市，在此埋伏窺探，設下陷害人的圈套，是因為有珍貴稀奇的東西吸引魔鬼留下，看來他完全誤會了。

說書人回想從他與魔鬼再度相逢之時，魔鬼對他做的一切事情，不由得想到，魔鬼以各種偽裝的身分在這座城市作亂，或許都是要引起他的注意？

對，這是他們還沒結束的遊戲！

打從一開始，魔鬼的目的就是他，為了跟他分出勝負，進而吸引他留下，並且使他心中的復仇火焰更加熾熱，於是展開各種卑劣的試探，進而玩弄他。

聰明如他，怎麼會讓自己陷進這種不堪的際遇，讓魔鬼耍得團團轉？

說書人的心中不禁猜測，魔鬼這些年來一直在他身邊，不曾離開。他非但沒有發現，還遲鈍無知地走進魔鬼特別為他造的霧中幻影，讓他一再嘗到悲痛的苦楚……魔鬼的目的究竟是什麼？

如果魔鬼要殺他，大可以選擇更直接的方式。像這樣迂迴曲折的掩藏在他身邊，給他能夠殺死魔鬼的能力，這讓說書人始終猜不透。

「唉，魔鬼往往用虛假的外表，引誘世人犯下最惡的罪行。」

說書人回想過往，魔鬼對他及身邊的人所做的殘酷事情，讓他感到沉重的挫敗，便不自覺地喃喃唸著。

說書人陷入思索，心想魔鬼之所以不殺他，只是在享受那個過程。說書人轉念一想，認為魔鬼像玩弄似的給他屈辱，因為這是一場有趣的遊戲，為了追求刺激與快

樂，犧牲再多人的性命也無所謂。

安琴見說書人那樣子，便運用她自身的智慧說道：「戴維安先生，你是不是跟魔鬼有莫大的關係？像你這麼不平凡，甚至帶了一點神祕性的人，居然想殺死那麼可怕的魔鬼，為什麼？」

說書人面色沉重地看著安琴，雙手壓著她的肩膀說：「我把我的故事告訴妳，但是妳必須向我保證，絕對不向第二個人透露……可以嗎？」

安琴興奮的點頭。

「妳說的沒錯，我確實跟魔鬼有很深的因緣關係。那天我在歌劇院的地下室追殺魔鬼，都是因為他奪走我很多重要的東西，所以我從以前就追著他不放，希望有朝一日替被他殺死的親人報仇雪恨。」

「傷腦筋的是，魔鬼擅於偽裝成人類，陰險狡猾，老是在我下手殺他的最後一刻逃掉。當我千方百計的費盡心思，總算在歌劇院見到他，卻為了一些原因未能殺死魔鬼。」

「不過沒有關係，因為我已經察覺他的存在。總有一天，我要跟他再次決勝負，親手把他打回地獄。」

安琴聽到這裡，神情激動地抓住說書人的手，「這實在太刺激了，我從沒見識過這樣的事……戴維安先生，你能否答應我，讓我跟你一起調查魔鬼呢？」

說書人見安琴高興的模樣，難以置信的對她問道：「妳說想去調查魔鬼……安琴小姐，妳是認真的嗎？」

「當然啊！」安琴說：「雖然我不瞭解魔鬼，可是聽了你說的故事，讓我很想幫助你。而且，若是我能與你一同把魔鬼除去，是不是就能看到你發自真心的笑容了？」

「妳說什麼，在下沒有笑過嗎？」說書人問。

安琴搖頭，「那是表面的微笑，彷彿你對誰都是一號表情。但是我看見你的眼神，知道你有心事，通常心裡有事的人，顯露出來的表情都像戴著一副假面具，一點也不真誠。」

說書人沉思於安琴說的那些話，他想了很久，像在苦惱似的。

「怎麼樣，我有沒有說中你心裡的事？」她以熱烈的目光望著他。

說書人見狀，眼中有了釋懷的微笑神情，表情也不再煩惱了。

雖然像這種小姑娘說的話，只不過是在安慰他，可是比起那些聞魔鬼色變的凡人，安琴的天真爛漫更為難得，教他略感安心。

他知道，從他們眼神相觸的一剎那，他不再防備，而是打從內心喜歡她，像喜歡自己的朋友一樣。

「安琴小姐，我的身邊有妳跟著，已經覺得很高興，更因為妳一片真誠的心意，使我倍感溫暖……謝謝妳。」他感激地說。

「嗯，如果你心情好多了，我們回去廣場繼續參加狂歡節，好嗎？」安琴邀約的問。

說書人點頭，看著安琴的灰藍色眸子裡，帶著絲絲溫柔。

熱鬧的廣場洋溢著一片躍動的氣息，擁擠的人群留連於此不願離去。在這個盛大的慶典，每個人瘋狂的盡情享樂，臉上無不掛著滿足愉悅的微笑。

但是，只有一個匆忙趕到廣場的青年不是這個樣子。

那個青年臉上帶著焦急的神情，穿梭在群眾之中。好不容易看到一雙熟悉的身影往廣場走來，他連忙躲到一面布幔後面，深怕被那兩個人看見。

當一陣紛亂的腳步聲響起，青年立刻低下頭，戰戰兢兢地聽著布幔後面的聲音。他發現安琴跟說書人在這裡，可是……為什麼安琴會握住說書人的手？

恩斯特勉強鎮定下來，深呼吸之後，傾聽著一片喧鬧中的細微聲響。雖然他沒仔細聽他們究竟談了什麼，但是他確實看見安琴握住說書人的手，兩人有說有笑，相處得極為融洽。

「安琴小姐，妳碰到我的手了。」說書人用苦笑的聲音說。

這時，安琴的聲音怯生生地響起，「啊，對不起……我不是故意的！」

恩斯特聽到這裡，雖然還是一頭霧水，卻被兩人親密的對話氣得板起臉孔，差點想衝出去分開他們。

他想將注意力從說書人的聲音上移開，但是他做不到，反而更想仔細去聽說書人談了什麼。他好擔心安琴也被這種深沉溫柔的聲音吸引，於是雙腳像生了根似的站在原地不動。

廣場流動著吵雜的鬧聲，一陣急促的氣流攪入節慶，撞入恩斯特的心裡，讓他悶熱得難受。經過許久的沉默，終於有道屬於說書人的聲音，飄進恩斯特耳邊。

「在下想請教一個問題，在安琴小姐的內心對舒赫公子是怎麼想的呢？」

安琴受驚似的叫了一聲。

說書人像安撫她的心慌，語帶誠懇道：「在下不是想刺探什麼，說實話，我覺得你們相當匹配。但是我希望安琴小姐能仔細想想，舒赫公子為何總是對我出言無度，為何一雙眸子總是燃著氣憤的怒焰。」

安琴不懂得思考，只是著急的說道：「戴維安先生，你這麼說真是讓我不知所措，我跟恩斯特只是像兄妹一樣的關係……我想，你一定是為了早上的事而耿耿於懷吧！請你放心，回頭我一定找他談過，要他別這麼失禮。」

「我不是為自己擔心。」說書人歉然道：「妳把他如此憤怒的原因，統統歸咎於失禮上，難道沒有別的理由？」

「還有什麼嗎？」安琴困惑的問聲從恩斯特背後響起。

「這……」說書人僵著聲音，失笑道：「好吧，妳自己有空的時候再想想，相信問題的答案不難找出來。」

安琴認真地應了一聲。

此刻，恩斯特不耐煩的想要走開，他聽了太多說書人與安琴的談話，早就不想聽了。當他悄悄低語，祈求說書人別再說下去，卻突然聽見安琴的哀鳴。

「安琴小姐，妳不舒服嗎，我替妳看看。」

說書人的聲音引起恩斯特的好奇心。他再也忍不住的繞過布幔，看到說書人與安

琴過分親近的背影，好像摟著安琴強吻她。

「這樣應該舒服多了吧？」

「嗯，不太疼了。」

兩人奇怪的對談讓恩斯特傻了眼，他什麼都不懂，但是眼前的情況卻非常顯而易見！

少女為何發出痛苦的低泣聲，只有一個原因。不，這還需要確認嗎？一定是說書人想強拉安琴並施以暴力未遂，害安琴哭了，只好忙著安慰她，不想讓別人發現他弄哭少女，有辱他的面子……

恩斯特氣上心頭，不等說書人忙完，馬上衝過去按住說書人肩膀，把他的身體扳過來，吭吭響的拳頭當場貼在說書人臉頰，打歪了他的俊臉。

「把你的髒手從她臉上移開，假正經、淫蕩、無恥的好色之徒！」

說書人的臉色沉著，眉頭皺得難看，他的嘴唇由於被恩斯特冷不防毆了一拳而滲出一些血絲。他突然受到攻擊，眼神與表情變得一片空白，完全說不出話。

安琴緊張地扶著說書人，轉頭看向恩斯特，不悅地說：「恩斯特，你從哪裡冒出來的啊？趕快向戴維安先生道歉，你太莫名其妙了！」

「我奇怪？他對妳做了什麼，妳還不知道嗎？看妳眼睛紅紅的，一定是被他欺負了！」恩斯特氣呼呼的。

安琴張大眼睛看著恩斯特，解釋地說：「剛才有一道風吹在我臉上，沙子跑進我的眼睛，疼得一直掉淚。戴維安先生看我不舒服，才用絲巾幫我拿出沙子……這個理由夠不夠充足？」

恩斯特見安琴手上拿著一條白絲巾，但他心裡還在生氣，於是怒道：「就算真的是這樣，可從我這個角度看起來，就像他在強吻妳啊。妳說我有可能不擔心，不動怒嗎？」

安琴憋著的一口怨氣，也在恩斯特的怒火下爆發，「先生，你也太自我意識過剩了吧，誰要你擔心啊！」

「妳住在我家，還跟不認識的男人出門，萬一羅蘭先生問起，我要怎麼回答？」

「放心吧，我父親才不會問這種無聊的事呢！」

「安琴，妳平常任性就算了，在這種時候害我為妳操心，妳有沒有想過我的感受？」

「很抱歉，我不想對你這種人溫柔體貼！」

兩人越吵越起勁，彼此怒罵著，過了一會才發現說書人沉默惱火的神色。

安琴見狀便拚命拉著恩斯特，要他低頭認罪。

「不用了，我沒有生氣。」說書人拂動衣袖，制止安琴與恩斯特的爭吵。

雖然他自認修養很好，但是無緣無故被打，他一面壓下憤怒的情緒，一面擠出自認為的平靜笑臉，對恩斯特說：「在下不在乎這點小事，請別再吵了。」

兩人見到說書人帶著憤怒的微笑，不禁嚇了一跳。他們從沒看過說書人竟有那樣可怕的神情，還散發一股惡氣，害他們臉色大驚的看著他。

「舒赫公子，你區區幾個拳頭打過來，對在下而言不痛不癢，也不用道歉了。」

恩斯特胡亂猜想著說書人笑容背後的意義，見說書人走了過來，他不但不領情，

還倔強頑固地說：「你……你被打活該。」

說書人瞇緊眼睛，臉色不好的看著他。

「像這種情況，有一百個人看了都要誤會你對安琴毛手毛腳；像你這種說甜言蜜語哄女孩子的傢伙，我能相信嗎？今天不是我故意打你，是你不好，講那種令人誤會的話，我看你很常對女孩子這麼做吧？」

說書人被恩斯特講得如此輕浮，原本不想理會，但是他越隱忍，恩斯特就越得寸進尺，還把話說得這麼難聽，好像當他沒有感覺似的。

他一時壓抑不下情緒，揪住恩斯特的衣領，面帶慍色地說：「在下的忍耐力也是有限的，請舒赫公子不要太過分了。如果你這麼在乎安琴小姐，為何不拿條鏈子綑在她身上，跟她形影不離，卻要跑來再三為難在下？」

恩斯特驚慌的直發抖，「你、你想使用暴力嗎？」

「因為跟你用講的，你聽不懂。」

說書人面色凝重，見恩斯特嚇得魂都飛了，心裡感到好氣又好笑。當他見安琴著

急求情的模樣，才把手放開。

「戴維安先生，我替恩斯特向你道歉，他大概腦子氣壞了，這才說話不得體，請你別生氣了。」

說書人喘口氣，臉色平靜道：「依我看，我還是先去別的地方冷靜一下。舒赫公子，勞煩你送安琴小姐回去，告辭了。」

兩人站在原地發愣，甚至留不住說書人，只好看著他的背影離去。

安琴默默地看著說書人離開，然後朝恩斯特咬牙切齒地說：「都是你的錯，你看，戴維安先生走了！」

她一雙怨中帶淚的眸子，把他看得非常尷尬，不知要說什麼才好。

恩斯特咳嗽幾聲，趁機擠出一點聲音，對安琴說：「我告訴妳，那個男人就是這樣小心眼，還使用暴力，可見他個性陰暗透頂，沒有風度……」

安琴推了恩斯特一把，怒罵道：「我告訴你，戴維安先生會這樣，都是因為你突然衝出來打他，恩斯特，你好差勁！」

「我差勁？要不是我擔心妳被他怎麼樣，一路追著你們過來，我看妳早就被他騙了！」

「戴維安先生才不會對我做什麼，他為人溫柔體貼，又有禮貌，哪像你器量狹小，動不動就生氣！」

「我器量狹小，都是因為我擔心妳！」恩斯特只覺得內心極為痛楚。

「奇怪了，我又沒請你當我的護衛，你憑什麼擔心我？再說，我跟你又沒有關係，也不是你喜歡的那種女人，走開！」

「好，我走，但是在我走之前，有些話一定要告訴妳！」恩斯特氣得說出心底的實話，「妳這個膚淺、潑辣、粗魯、沒有女人味的傢伙給我聽好，我會這麼做都是因為我喜歡妳！」

安琴聞言，內心大感訝異，「可是你說過，喜歡像安瑟那種完美的女人，現在卻又反過來說喜歡我，你反反覆覆，我真是搞不懂！」

恩斯特挺直身子，翻著眼睛，充滿無可奈何的神情，「對，我就是反反覆覆，對

妳感到矛盾又無奈！我只想問，妳要選擇說書人做妳的朋友，還是我？如果妳同時想選擇兩個人，那是不可能的，我受不了他在我面前晃來晃去，刺眼極了！」

安琴大聲打斷恩斯特的話，「你別拿戴維安先生跟你比，你這個笨蛋！」

「真好笑，我居然被一個笨蛋說笨蛋！」恩斯特氣憤難忍，為了不讓自己說更多怒罵安琴的話，只好僵著身體走開。

「恩斯特，你別自顧自的走掉，把話說清楚！」安琴終於叫了出來，看著他的背影，不耐煩地勸道：「你老是針對戴維安先生，是不是吃錯藥了？難道你看他比你優秀，所以嫉妒？」

恩斯特停下腳步，一句話也不說。

安琴又道：「恩斯特，如果你為了無聊的男人自尊問題，想和戴維安先生一較高下，那我奉勸你一句，別為了這種事白費力氣。」

恩斯特在不可抑制的憤怒之下，轉回頭望向安琴，生氣地大聲喊道：「就算我白費力氣又怎樣，男人的事，女人不要過問！我要跟這傢伙決鬥，把妳這個笨女人從他

手中搶回來！」

安琴吃驚地看著恩斯特負氣離去的身影，她傻愣愣的站在原地，感到自己的心跳莫名變快，思緒混亂，卻無法開口把他叫住。

她真是被搞迷糊了，到底要怎麼做，才能平息兩個男人之間的風波？

恩斯特獨自走在廣場，面色鐵青地默想先前發生的事。

一想起他毫無理由的懷疑說書人，拚命指責安琴的行為，恩斯特說不出自己的心情，也無法瞭解自己為什麼老是失去理智，就像一個充滿嫉妒的丈夫。

他嘆了口氣，決定不再去想，打算就這樣走回家。

這時候，他聽見一道氣魄雄偉的巨物踏步聲從自己身後響起。那沉重而恐怖的聲音讓恩斯特警覺性的轉身，注意到跟隨在自己背後的巨影，竟是一頭雪白色的巨獸，他嚇得差點跌在地上。

巨獸抬起前腳，神氣地昂首，發出雄厚的叫聲。

「不可以，尤妮迪，太淘氣了。」一道嫵媚的冷艷聲音，從巨獸背上如高塔的轎子響起。

轎子在熾熱的陽光之中產生輕微的晃動，披蓋在巨獸背上的彩帷閃閃發光，幾乎讓人看不見坐在轎內的神祕身影。

恩斯特用手遮住眼前的刺眼陽光，他伸長脖子，無奈還是看不見說話的那人，便扯開嗓門喊道：「妳為什麼跑到別人背後嚇人？」

巨獸背上的女子嬌笑地說：「真不好意思，這孩子就是喜歡捉弄人，不過牠沒有惡意，請見諒囉。」

女子說時，巨獸跟著舉起長長的鼻子，似是向恩斯特道歉。

這時廣場被看戲的群眾圍繞，每個人的目光聚集在雪白色的巨獸身上。他們專注地看著眼前景象，對接下來的發展充滿期待。

「好不可思議的動物啊，聽說是這次狂歡節表演節目的主角呢。」一個市民評論

地說。

「聽說這種動物是從東方來的，叫做白象。」另一個市民說。

恩斯特眼中的黑影被耀眼的光芒拂去，他看見坐在象轎的身影盈著艷麗的微笑，那是一個年輕貌美的女郎。

陽光灑在女郎的臉上，進而勾勒出頭巾底下蓬鬆金髮的閃閃光芒。她傾著臉注視恩斯特，眼神充滿笑意。

眾人圍成一個圈子，熱烈的目光湧向女郎。只見她起身輕撫白象，將一雙纖細的腳放在白象舉起的長鼻上，再隨著牠緩慢的動作沉穩落地。

女郎全身佩戴著金飾，被陽光一照便漾出高貴的反光，她以腳上的秀氣鞋子輕踩地面幾下，綁在腳踝的金色鈴鐺跟著輕巧作響。

女郎有一副豐滿的身材，誘人的身段讓她看起來比任何女子還要有女人味，雖然她的膚色略黑，臉上卻有極為強烈的自信。

她的打扮看起來很像某個流浪的民族，除了頭戴橘紅色的羽毛紗巾，身穿輕飄飄

的寶藍色紗裙，誘惑男人的金色胸衣外，在她掠開的裙子底下，那雙修長的美腿吸引了眾人的目光，讓人無法把視線移開。

她袒露雙肩，暴露渾圓的胸線，輕抬小腿，簡直刻意勾起群眾對她的遐想。

恩斯特瞪大眼睛，看著被眾人注視的女郎朝自己走來，他故作鎮定地回視著她，企圖掩飾剛才那副受驚嚇的醜態。

他冷靜沉著地觀察著女郎，她長相不俗，跟一般的女人相比，算是美艷的類型。除了生得一頭濃密的金色鬈髮，一張深刻的臉部輪廓，一雙閃動著如焰火般紅光的美眸之外，她柔美的走路姿態，也是令許多男人為之傾倒的原因。

女郎踩著輕快的步調，像跳舞似的來到恩斯特面前，最後停下。

她輕撥胸前的垂髮，掛在微黑額頭的金鍊跟著輕搖一下，那對紅灼灼的目光投射在恩斯特身上，顯現出自信與傲慢的笑意。

「小女子這不就下來向您賠罪了嗎，大驚小怪。」她一手撐腰，一手貌似無奈的揮了揮，語氣充滿敷衍。

「賠罪?我看妳這樣子比較像對我示威!」恩斯特臉色發窘地看著她身後的白色巨獸。

女郎微笑，「舒赫公子何必這麼說嘛，小女子可是非常傾慕您的哦。」

恩斯特大驚，「妳……怎麼知道我的名字?」

女郎身上圍繞著深沉難測的氣息，她輕掩嘴角笑道：「有名的舒赫伯爵家的公子誰不知道，只是你沒見過我罷了。」

恩斯特一臉被女郎惡劣玩弄的不滿神情。

「唉呀!您不要生氣，其實我有話跟您談。」女郎說：「小女子隨雜技團來到這座城市，每天都有表演不完的節目。我的生性自由受不了拘束，就在我跑出去透透氣的時候，剛好看到您被心儀的女子冷落對待，還在情敵面前出醜的模樣，真可憐呢。」

恩斯特緊皺眉頭，臉色相當難看，「妳到底想說什麼?」

女郎對恩斯特笑道：「我哪有想說什麼呢，但要是您不嫌棄，也許我有方法解決

您的問題！我話說到這裡，如果想繼續談下去，就跟我過來吧。」

恩斯特見女郎對自己丟了一個俏皮的飛吻，雖然他打從心裡覺得發毛，仍然跟了過去。

女郎跳到白象背上，隨著牠緩慢的腳步離開廣場。

恩斯特見狀，雖然情急地追了過去，卻已不見她的身影。當他四下張望的時候，背後冷不防出現一道熟悉的聲音，又把他嚇了一跳。

「舒赫公子，您在找我嗎？」

「哇啊啊啊！妳到底是鬼還是人？」恩斯特轉身看見近距離出現在他背後的美麗女郎，臉色整個發白。

女郎一副被逗笑的模樣，「呵呵，您露出那種表情讓我感到好難過呢，身為一個吉普賽女郎，果然走到哪裡都惹人厭。我本來想幫您，讓您在愛情路上能有順遂的路好走……看您這模樣，我還是離開好了。」

恩斯特聽到這裡，知道她不是找他麻煩後，才鬆了一口氣，「妳說有方法解決我

的問題，難不成妳要當我的愛情顧問？」

女郎轉過身，用雙手捧住恩斯特的臉頰，粉唇一下子湊過去，差點沒把面前的青年嚇死。

「這位俊秀的公子哥，你對談戀愛沒什麼經驗。看你這麼苦惱的臉，我還真忍不住想吻吻你，如果是你，就算要我做舒服的事也無所謂哦。」

「小姐，請妳放尊重一點！」恩斯特推開女郎。

「死腦筋又不知變通的男人最無趣了，就算你有一顆真心，還是會被女孩子拋棄，現在這種時代已經不流行認真嚴謹的類型囉。」

女郎從身上提袋拿出一瓶酒，聳肩說道：「要是想改變不順遂的愛情，試試這個如何？」

「這是什麼？」

「你知道神奇的愛情靈藥嗎，它是個專門診治愛情問題的萬能藥，過去傳說有一對身分懸殊的戀人就是靠它才能墜入愛河。只要喝下一口，你喜歡的女孩子就會受你

吸引喔。」

恩斯特瞄著女郎遞過來的酒瓶，吐嘈地說：「那明明就是普通的酒，妳想騙我？世界上根本沒有什麼靈藥！」

「別這麼說嘛，這不是酒，是愛情的滋潤劑。」

女郎一臉燦爛的微笑，又說：「公子此話說得不對，誰說沒有愛情靈藥？只是你太無知，不曉得它的存在。」

恩斯特沉默地看著她，發覺這個女人從未一刻正經過，他的臉上寫滿了後悔，轉身想掉頭走人，卻被女郎緊纏不放。

「做什麼？」

「舒赫公子，你的缺點就是考慮得太過深入，要不要放膽嘗試一次，把小女子帶回您府上，我保證幫您解決煩惱。所謂的嘗試就是要在不知道結果的情況下，盡可能的試試看啊。」

「如果我答應妳，妳會乖乖聽我的命令嗎？」

恩斯特確實有點心動，想到安琴帶了討厭的說書人回家，他把路上遇見的吉普賽女郎帶回去，不算過分吧？

「這個嘛，雖然小女子不太喜歡口頭上的約定，不過您要一個安心的回答，我就勉強答應您好了。」女郎笑道：「我會幫您搞定礙事的絆腳石，讓您從此高枕無憂。」

恩斯特小心翼翼的看著女郎，儘管對她臉上輕浮的笑容有幾分疑心，但若能讓她在說書人與安琴中間當一個第三者，這麼做也值得了。

說書人約在日落時分，帶著緩慢的腳步回到伯爵的洋館。

他刻意不想挑恩斯特與安琴都在的時候回去，然而他踏進大廳，聽見兩道熟悉的聲音正在爭吵，不禁頭疼的揉揉太陽穴，心想又得面對一場避免不掉的風波。

「恩斯特，你幹嘛帶一個胸部大得像球一樣的女人回來？」

「什麼啊，妳都可以在外面認識一個俊男，我就不能帶美女回來嗎？何況她像一朵流離失所的花，過著四處飄搖的生活……我憐憫她，才沒有其他私心。」

「憐憫？你故意要帶那種什麼都跟我相反的女人回來，是針對我吧？」

「羅蘭小姐，妳也太自我意識過剩了吧，男人喜歡美女是理所當然的事，難不成妳吃醋？」

「你說什麼，恩斯特？」

說書人聽見兩道聲音陷進極為激烈的對罵，他搖搖頭，心想就算不看人也知道是誰在吵架。

他繞過恩斯特與安琴兩人，看見洋館正在開宴會，於是迎向大廳那群看熱鬧的侍女，略帶歉意地問：「不好意思，在下回來晚了，請問發生什麼事情？」

「先生，是這樣的，二公子帶了一個吉普賽女郎回來，她以生動的舞蹈與歌聲打動舒赫伯爵的心，伯爵就留她下來替大家表演。」一個侍女解說道。

「是呀，大家很喜歡她的表演，直嚷著要她多跳一些來助興。不過安琴的反應可就不同了，她見到二公子貌似親密地挽著那個女郎回來，整張臉變得氣呼呼的，這會正在跟他吵架呢。」另一個侍女苦笑道。

「那兩人真是一對歡喜冤家，總是一天到晚吵架，好像沒結束的一天。」

在場的侍女聽見這句話，紛紛有感而發的點頭嘆道：「不過，這也證明了他們感情很好，雙方父親拿他們都沒轍，就只有本人毫無所覺。」

說書人匆匆聽取侍女們的談話，便將視線移向大廳中心，那個被眾人目光淹沒的地帶，只見天花板上吊著的水晶燈緩緩地轉動，柔和的白光撒在手持薄紗的女郎身上。

她踮著腳尖，優雅地擺動身軀，女郎除了以雙手纏著的薄紗原地旋舞，有時也會拿著手鼓咚咚地敲。

她的每個動作與臉上的表情變化，無不吸引大廳上眾男士的目光，令他們深深被這動感的美景吸引出神。

然而，在無數張被水晶燈白光照映的喜悅臉孔之中，有一張深沉嚴肅的男人面孔，帶著審視的眼光，目不轉睛地盯著跳舞的女郎。在他細長的灰藍色雙眸有著不尋常的光芒，那並不是什麼火熱的情慾，而是冷鬱的憎惡。

眾人熱烈鼓掌，吆喝著女郎再跳下一支舞。直到女郎跳得氣喘吁吁，才終於停下動作，朝在場所有人緩緩轉了一圈，接著取下頭紗，露出底下掩藏的金髮與紅色眼睛。

她席地而坐，帶著迷人神情晃動修長白嫩的手臂，即使汗水淋濕她身上的薄紗，女郎仍不停拍動著手鼓，這彷彿是她熱舞後留下的一點餘韻。

「好一個美女，可是那明亮的金髮和紅眼真不像吉普賽人！」人群裡發出一道質疑的聲音，但隨即被再起的掌聲淹沒了。

可是，說書人並沒漏過剛才那道聲音，他一聽到那人說的話，心裡禁不住打著寒顫，難以置信的看著女郎。

他小心翼翼地看著女郎，察覺她身上有種熟悉而教他厭惡的氣息，便感到生氣與

不耐煩。他迷惑不解，甚至說不出自己心情轉變的原因，也許是女郎臉頰掠過的絕美笑容所致。

總之，他對眼前這個打扮暴露的異國女子非常反感。她的髮色、眼色，還有她唇邊那抹傲慢嘲弄的笑意，都教他似曾相識。

「好好好，卡爾曼小姐，請再跳舞吧！」

說書人一面聽著群眾越發激動的喊聲，一面匆匆以眼光搜尋女郎的身影。他暗自確認她的名字，卻在眾人哈哈大笑的聲音，聽見一個提議的聲音。

「各位，光是跳舞太無趣了，要不這樣，我來為大家做個預言占卜吧！」卡爾曼以柔和的嗓音，像音樂般繚繞人們的心弦，踩著輕盈的步伐走向舒赫伯爵，曲身下跪道：「不曉得伯爵先生有無掛心的煩事，但願小女子的占卜能派上用場。」

舒赫伯爵與站在他身邊的羅蘭管家相望一眼，各自嘆了口氣，並將目光飄向還在大廳角落吵架的恩斯特與安琴，那便是他們擱在內心的煩惱。

羅蘭管家看出主子的心事，便朝恩斯特與安琴喊了一聲，把他們叫來舒赫伯爵面

前，才總算讓兩人停止吵架。

說書人不太注意他們說了什麼，他只看得見卡爾曼的動作。見她運用一地的占卜道具，熟練地在上面摸摸擦擦，接著驚訝的叫了聲，迎上伯爵與恩斯特迫不及待的目光，故作哀傷地搖搖頭。

「關於占卜的結果，小女子不知道該說，還是不該說？」

舒赫伯爵說：「到底怎麼回事，妳有話直說。」

「是，關於這位小姐的運勢，一直以來都很順遂，不過她最近遇到一些人際問題，可能導致她被惡運纏身，近來還會發生不吉的兆頭……」

恩斯特聽了，內心頗為擔憂，不知該如何在不引起父親的疑心之下，詢問卡爾曼解運的方法。他皺眉看著安琴，眼底還藏著不捨與憐憫。

安琴沒察覺恩斯特的眼光，她險些因驚嚇而說不出話，接著說服自己的喃喃說道：「呸呸呸，我才不相信這種占卜呢！」

恩斯特聞言，立刻對她說道：「安琴，妳不能不相信預言呀，萬一會應驗，那不

是更要預防嗎？算我拜託妳，還是聽聽卡爾曼小姐的解釋吧。」

「哼，恩斯特，誰要你擔心了？我們剛才不是還在吵架嗎？」安琴語氣酸溜溜地說：「這一切說起來都要怪你，要是你不帶這個奇怪的吉普賽女郎回來，所有的事都不會發生了！」

恩斯特本想壓下對安琴的憤怒與不快，卻還是被她簡單幾句話激怒。於是沒過多久，兩人又回復本性吵了起來。

舒赫伯爵沒仔細聽女郎占卜的內容，他將全數心思都放在兒子身上。看恩斯特與安琴不同的反應，他心裡有筆墨難以形容的複雜感覺，不曉得如何替一雙兒女解決感情問題。

在這時候，恩斯特按捺不住性子，急於打破沉默的想問卡爾曼問題，但是他才走向她一步，卻被說書人的背影冷不防的阻擋住。

恩斯特困惑地看向前方，注意到大廳旋即展開的糾紛。

說書人凝視女郎，口氣不悅道：「妳已經說夠了吧，死神！像這種無聊的預言，

實在讓人聽不下去，妳還不住口？」

「什麼，竟然說小女子是死神……呵呵，倒是蠻合適我的形容呢。」卡爾曼起身走向說書人，微笑道：「這位先生，我的預言是為了替大家趨吉避凶，你若不服，可以想辦法反駁我啊。」

說書人臉上充滿深不可測的傲慢，他笑了笑，說：「在下不相信隨手得來的占卜預言，特別是像妳這種美麗而不莊重的女人，說話必然充滿謊言。」

「真過分，你竟然冷酷無情的說這種話，我可是柔弱的女人哦。」

「沒錯，妳是女人。但是不知為什麼，我一看到妳就忍不住想尖酸刻薄地說些譏嘲的話。」

卡爾曼不在意地看著說書人，紅眸朝他暗示的眨了幾下之後，流露出促狹的笑意，「我還挺喜歡你得意的神情，可惜我得回房間換件衣服休息，你若有時間再找我聊天吧。」

「妳要離開這裡？」說書人挑眉問道，不難聽出她話中暗示的意味。

「反正我留下來也不會受歡迎，小女子告退了。」

卡爾曼隨意收拾地上的雜物，她拎起提袋，眼光刻意徘徊在說書人身上，直到看見說書人臉上的不悅，她才揚起勝利的微笑離去。

恩斯特見自己找回來的年輕女郎與說書人相處的模樣，他不懂向來禮貌待人的說書人為何處處挑釁初次見面的卡爾曼，也不懂卡爾曼幹嘛笑得這麼刻意。

但是，他卻感到這兩人的眼神隱藏著一絲異樣的壓迫感。

就在恩斯特陷入思索的時候，安琴走向說書人，見他沉默無語的樣子，一臉好奇地問：「戴維安先生，你認識那個女人嗎?瞧你們談得這麼愉快，我還以為你遇到老朋友。」

說書人轉頭，面色淡然的答道：「不，在下今天還是初次見到那位女士。我雖然對她一無所知，但是她身上有種讓人想深入瞭解她的吸引力。」

「有什麼特別的原因嗎？」安琴不死心的又問：「難道你也被她的大胸部吸引？」

「什麼？」說書人懷疑地看著安琴。

安琴急忙摀住嘴，臉上僵硬的笑著，「不，什麼也沒有……你好像心情不太好，怎麼了嗎？」

說書人淡淡地應了一聲，音量小得連他自己都聽不清楚。

他抿著一張嘴，思緒無法集中，整個腦袋裝的都是女郎惹人厭的笑容。他覺得自己失常，也許是卡爾曼離去的時候，一併把他的心帶走的關係吧！

「戴維安先生，你怎麼了？」安琴搖了他一下。

「抱歉，在下突然有事，先走一步。」說書人輕輕撥開安琴溫熱的手，將飄遠的思緒拉回現實，隨即追著女郎的身影離開。

❖ ❖ ❖

說書人趁宴會空檔之餘，在暗處追著女郎消失的身影，來到走廊轉角的一個房

間。他張望四周，確認附近無人走動才接近房間門口，悄悄地推開一條隙縫，試圖將房內動靜收進眼底。

雖然他對偷窺別人沒有多大的興趣，但一切還是要小心行事……說書人暗自提醒自己，並且壓抑心中高漲的莫名感覺。然而圍繞在他身邊的寒冷氣息，卻冷冰冰的穿進他體內每條神經。

他扶著門，接著將它推開，直接與房內使人按捺不住的躁熱氣氛相觸。

雖然闖進房間的人是他，可是他非但不覺得慌張，反而還神情自得地撿起地上被扔得到處都是的衣服，對背著他的女郎輕笑道：「妳打算穿上這堆五顏六色的衣服，向眾人展示妳如孔雀般花俏的打扮嗎？」

女郎身上僅著胸衣與裙子，她回頭看說書人，笑了一笑，「你站在那裡，有辦法看清楚我的樣子嗎？」

說書人臉上一冷，「不用了，在下是來跟妳說幾句話，馬上就走。」

女郎以赤裸的雙臂環胸，一臉很期待的模樣。

「妳長得跟我認識的人很像，因此我警告妳，無論妳到這戶人家有什麼目的，在我面前休想為所欲為！」

「喔，我跟你認識的人很像……好失禮呢，竟然將我這麼美麗的女人錯認成男人，你都是這樣跟別人搭訕的嗎？」女郎微笑。

說書人愣了一下，他心想自己並沒有說出對方的性別，為何站在他面前的女人會這樣說？她究竟是誰，有什麼目的？

「好一陣子不見了，施洛德，你還在花心思猜我是誰嗎？」女郎傾著臉，眼底略帶一絲暗示的笑意，她撥弄著胸前的垂髮，嘲弄地說。

說書人見女郎輕易道出他的名字，不禁驚訝地看著她，緊接著追問：「難怪我從妳身上隱約感覺到一股討人嫌的氣味……妳為何改變形象接近我，這個名字有何意義？妳到底是男人，還是女人？」

女郎輕移腳步走向說書人，一頭長至腰下的蓬鬆金髮閃著耀眼的光澤，進而迷惑說書人，讓他震懾似的站立原地不動。

她伸手撫著他的臉頰，親暱地瞥了他一眼，她的微笑充滿佔有慾，好像把面前這個男人當成她的東西，「我是男人還是女人……有這麼重要嗎？若是能滿足你的需求，叫我當女人也無所謂。」

說書人冷冷地撥開她的手，「真不巧，我討厭賣弄美色，穿著暴露的蕩婦。」

「哈，你知道卡爾曼的意義嗎？對，就是代表隨心所欲的蕩婦，我還蠻喜歡不受世俗拘束的女人呢。」

她眯著眼，唇邊吐出慵懶的呢喃聲，「好吧，我知道你想早點見到我，所以如你所願，出現在你面前。」

「我知道妳躲在這個城市，虎視眈眈地偷窺我，找尋下一次動手的機會。」說書人冷冷道。

卡爾曼轉開頭，不屑地說：「偷窺？說得太難聽了，請說這是我關心你的方式。施洛德，你還不明白啊？你一輩子都無法從我面前逃開，不管你愛上哪個女人，我都不會放過你。」

「到底是誰不放過誰，妳搶走我的台詞了吧？」

說書人察覺到她話中挑釁的語意，臉色沉著道：「請妳不要誤會，那個小姐還是個孩子，收回妳的嫉妒心吧！」

女郎雙手環胸，眼底閃動著愉悅的光芒，「我才沒有嫉妒你呢，我只是單純看不順眼，知道了吧？」

「算了，我不想跟妳東拉西扯。告訴我，妳為何混進這幢洋館？」說書人扣住她柔軟的手腕，只用一點力氣，就讓卡爾曼痛得皺眉。

「喂，你究竟會不會憐香惜玉？」

「我告訴妳，惹火我對妳沒有好處，特別是在我知道妳真實的身分後，休想讓我對妳客氣半分。」說書人一臉惱怒。

「哼，施洛德，你還是一樣笨，我偽裝成嬌弱的女人只想好好享樂，跟你這種出賣體力的人不一樣……夠啦，你能不能別每次看到我，都要說同樣的台詞？我都快煩死了。」

「因為我知道妳葫蘆裡賣的是什麼藥。」說書人看著卡爾曼，眼中藏著猙獰的笑意，「我很好奇，妳為什麼要化身為女人？狡猾如妳應該曉得，變成女人的身體其實很容易壓制，更別談殺我了。」

卡爾曼注視說書人，唇邊帶著不懷好意的微笑，「我這次不是為你而來的，有個純情的伯爵公子為情所困，他請我幫他鏟除情敵，奪得美人歸。要是我猜得沒錯，你就是他的情敵？」

說書人錯愕的眨著眼睛，驚訝到不敢相信恩斯特會做這種蠢事，同時也覺得自己真是倒楣，才剛結束歌劇院風波，卻意外被捲入一場愚蠢的紛爭。

「真了不起，你的元配才剛死，馬上又找了新歡。」

說書人被卡爾曼一逗，惱怒道：「少開玩笑，難道妳要凡人跟妳簽契約，好索取他們的靈魂？」

「就算我想這麼做，你又能拿我怎麼樣？」她耍賴道：「想不付代價就換取美好的夢想，世上可沒有這種好事，你不是親身體驗過了嗎？」

說書人聞言，氣得不能再說半句話。他惡狠狠地瞪著她，發怒的雙眸像藏著能燒死被他注視之人的炙熱火焰。

「我不管妳扮成這樣有什麼陰謀，但是……」他微張嘴唇，從喉嚨深處擠出一絲抽氣的聲音，「每當我看見妳，想起過去的事，胸口便會熾熱起來……只不過，那不是興奮，而是對過去往事懷著悲痛與沉重的壓迫感。那時我才想到，當時我不過是追逐著魔鬼，想在與他的這場遊戲獲得勝利。」

「喔，在遊戲中遵循規則而獲得勝利，不是最基本的法則嗎？」女郎說。

「沒錯，但是那樣還不夠。我對妳的怨恨，不能用區區一個遊戲來消除，如果不殺了妳，我心有不甘。」

說書人露出一個哀傷苦笑的表情。在他心底的焦灼與不安，勾起他遺忘許久的記憶，以及被他幾乎忘掉的真正心情。

「我知道你恨我，就算我擁有你的身體與心，可就是得不到你的靈魂。」

卡爾曼再次將手伸向說書人，她張著微弓如爪的五指，尖銳的指甲輕刮他的臉

龐，目光深遠地說：「殺了我，你什麼都得不到，你唯一能選的路就是把靈魂賣給我，成為遵從邪惡的奴隸。至少你有我在身邊，今後不會孤獨……」

「抱歉，我就算死也不會出賣自己的靈魂。」說書人推開她，停留了片刻又說道：「妳說我勝了妳也拿不回妹妹的靈魂，那麼我就打倒妳，逼妳修改契約的內容，這才是我想要的真正勝利。」

「天真的男人，可是我並不討厭你這份天真的性格。那麼你就好好加油吧，我會期待我們競爭的結果。」她聳肩說。

「我不會讓妳阻撓我的路，就算要利用任何人也在所不惜！」

「哈哈哈！施洛德，你的口氣還真狂哪。但是我要奉勸你，如果想站在自己的立場來打倒我，那是不可能的。」

聽見卡爾曼賣弄神祕的語氣，說書人問：「妳說什麼？」

「你從以前就想要幹掉我，但是你為何每次都會失敗，為何你無法在最後一刻否定自己的人性……為何你會輸給我？」

說書人的臉龐一下子變得蒼白，他無言以對。

女郎勾勾纖長的手指，見說書人沒有回答，她得意洋洋地說：「這個道理其實很簡單，你利用被你當成棋子的人類，想反將我一軍。可是你顧慮的事情太多，到最後反過來幫助他們，進而做了我計謀的舖墊，這就是你失敗的原因。」

「但是，我就不同了。我不管面對什麼情況，都可以冷靜沉著的應付，不帶一絲感情的毀滅對我不利的因素……對我來說，人類就是棋子，就算再怎麼愛這些玩具，也絕不可能對棋子產生感情。」

說書人瞪大眼睛看著卡爾曼，眼底充滿對她的不耐煩。

卡爾曼看了說書人幾眼，好像她還沒決定要怎麼對付他，不過當她碰到他的視線，便露出撒嬌似的微笑神情。

「你這副目瞪口呆的模樣真是好笑，你妄想著打倒我，卻反而讓自己沉淪在挫折感中……這表示你的實力不過爾爾，根本不配成為我的對手。但是別擔心，我不會在這次的遊戲對你出手，就算我什麼也不做，你還是會上鉤，踏進由我為你準備的精心

陷阱。」

「怎麼樣，要被我逼迫得沒有辦法，選擇在遊戲中投注你所有的力量……還是寧可活在對過去的懊悔，也要逃避和我正面對決？」

說書人拒絕看她的臉，不願聽她引誘他上當的聲音。但他不想被她輕視，於是勉強抬頭看她那惡意的笑容，恨恨地說：「說得很好嘛，但是妳也不見得能一直處於優勢！請妳記住，我永遠都會挺直身子挑戰妳，絕不逃避！」

「很好，我等你這句話很久了，有懾人的勇氣與膽量，才配稱作我的敵手。施洛德，我以為經過上次那場打擊，你會更加萎靡不振……看來在無形中，你逐漸變得堅強了。」

「這個嘛……也許是妳一再打擊我，讓我逐漸改變自己的想法。我不能否定妳的存在，但妳是我的敵人，這件事是不變的。」

「你的想法還是這麼死板，難道在你心中，敵人永遠無法變成朋友？」

「什麼？」

卡爾曼搖搖頭，唇邊浮上一抹寂寞的笑意，她趁說書人發現之前掩藏起來，改以愉悅的聲調說：「這次遊戲，我們就以促成一對有情人為勝負關鍵，賭賭看誰有本事讓他們打破對彼此的成見，誓言相愛？這樣一定會更有趣的，你意下如何？」

「好啊，我要在這場遊戲扳回一城，挫挫妳的銳氣。」

「有意思，我就期待你究竟能為我帶來什麼樂趣吧，看看究竟誰能充分地享受這場遊戲帶來的快樂，獲得勝利。我很想看你自以為贏的同時，被我一腳踹下去的後悔神情……不管看幾次，我都覺得滿足。」

說書人一臉厭煩，他已不想跟她繼續談下去，就說：「那麼，我有一個極為感興趣的問題，妳為什麼要扮成女人？」

「我以為你喜歡女人。」她說：「特別是個柔弱的女人。」

說書人鄙視地看著她，唇中發出冷笑聲，「妳是貨真價實的女人？」

卡爾曼腦中掠過一個狡滑的念頭。她趁說書人沒有防備的時候接近他，兩手勾住自己胸衣的肩帶，將它一齊拉下。

「讓你見識一下，我的身體是何等的美麗誘人，想摸摸看嗎？」

說書人睜大眼睛，露出吃驚的神情。他知道像這種突如其來的場合，就算他再怎麼討厭面前的女人，也難以控制自己的視線不往她裸露的上身看過去。

這個「女人」究竟在想什麼？

說書人難以置信的瞪著卡爾曼，然後別過臉，打算從地上撿一件衣服扔過去。他發現她臉上堆著得逞的笑容，讓人看了渾身不舒服。

她眨了幾下晶瑩的紅色眼睛，對說書人的反應覺得新鮮，「記住，當男女共處一室的時候，不是只有女人才需要提防……你不明白你的處境有多危險？」

「夠了，妳的想法真是教人不敢認同，快把衣服穿上！」說書人把衣服往面前女人身上一扔，卻被她扯住手不放，讓他不知該看哪裡才好。

「雖然你的口氣還是一本正經，不過臉頰怎麼紅了？」她帶著玩味的語氣說。

「少囉唆，妳放開我，別用那腫脹的胸部頂著我！」他回答的聲音有些僵硬，很明顯受了驚嚇。

「哈哈，你還是看了我的身體嘛……我很想做個實驗，我若是放聲大叫，聞聲而來的人會不會把你當成淫魔？」

說書人氣極，「妳敢誣陷我？」

「這不是誣陷，是眼見為憑的事實喲。」

卡爾曼慢條斯理地穿上衣服，輕彈一下肩帶，那道「啪」的聲音在沉寂氣氛中顯得刺耳。

說書人聞言，嘴中立即湧出咒罵卡爾曼的詞句，臉上也難掩對她的憎恨。他聽到她開口說了這樣有如威脅的話，便想撲上去賞她幾下耳光，可是他擔心會被她反過來惡整一番，只好故作鎮靜不說話。

「要跟我鬥……你還差得遠呢，不自量力。」女郎看見說書人被她擺佈的氣憤臉色，她彎起豐厚的唇，冷諷地說：「如果這是遊戲，你早就輸了！快走吧，不然我真的要叫人進來看你出洋相囉！」

說書人見卡爾曼放開他的手，還故意做個鬼臉，企圖嘲笑他的遲鈍。他咬牙怒罵

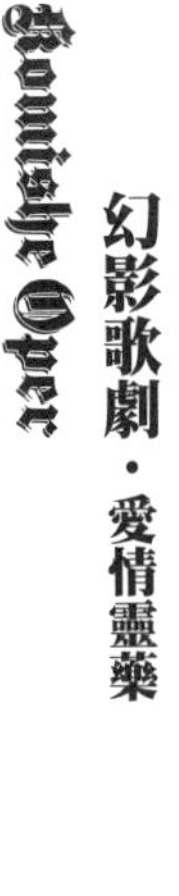

著她，心中充滿想殺她的慾望，不料卻在這時聽見門外傳來侍女的交談聲。

「宴會已經結束，再不走就會無法脫身喔。」女郎提醒地說。

說書人迎上她微笑的神色，他雖然感到無奈，仍舊甩甩頭，氣極敗壞地走出房間。

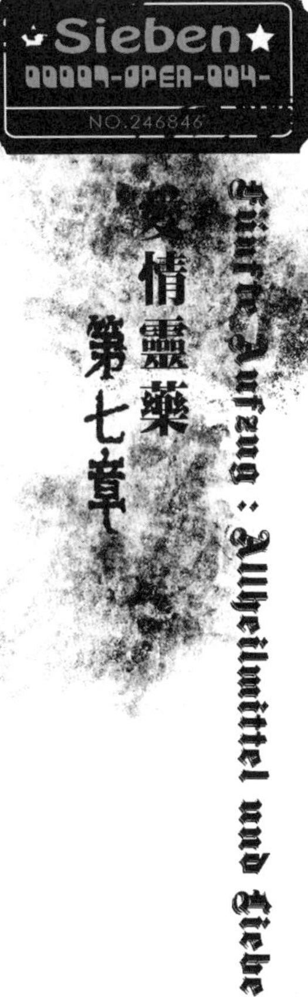

說書人面無表情，在暗夜中的走廊一步步走著。這時一道嚴厲的怒喝聲突然從他身後響起，他除了停下腳步，臉上沒有什麼反應。

不一會，一個熟悉的身影隨即來到說書人面前，對他低聲地說：「我有話要跟你說，戴維安先生，請來我的房間。」

說書人不說話，但也不迴避對方的注視。過了一會，他點頭應允道：「好吧，舒赫公子。」

恩斯特說：「請叫我恩斯特吧。」

對恩斯特的要求，說書人欣然接受。其實有一部分的原因，是他對如何稱呼恩斯特的名字不感興趣，如同人們叫他說書人或施洛德，他都是毫無感覺的。

兩人走進恩斯特的房間，各自往合靠在一起的椅子坐下。

「那麼，要談什麼？」

說書人坐在椅子上，將修長的雙腿交疊起來，語氣尖銳，「或者該說，我們有什麼能談的？」

「先生，你對我有敵意嗎？」恩斯特生氣的說。

「談不上敵意，但是我和你沒有半點友誼。您是伯爵公子，我是流浪的說書人，和您高攀不上。」他說完後，面帶微笑的看著恩斯特。

他們四目交錯，說書人尖酸的語氣使恩斯特氣得直發抖。

「我看見了。」恩斯特衝動地喊出聲音，「你從卡爾曼小姐的房間出來，加上你們熟稔得就像老朋友一樣……你們是什麼關係？」

說書人聞言，想起卡爾曼的模樣，突然憶起她陰險的笑容。於是，他不自覺惱怒

地逼近恩斯特，看得這位伯爵公子打了一個冷顫，他卻沒有一絲罷手的意思。

他上前一步，眼光仍舊冷冽地令人不敢直視。

恩斯特畏懼地看了說書人一眼，立刻別開視線。

說書人從恩斯特的藍色眼睛汲取到茫然的恐懼，他伸手把文弱的青年拉到面前，命令對方抬頭看著自己。

說書人壓低發狠的聲音，表情冰冷，「恕在下直言，你想用那種小事威脅在下，光憑這點皮毛功夫，恐怕還不夠格讓我害怕！」

「嗚、嗚哇！你想做什麼？」恩斯特好不容易在說書人嚴厲的眼光下站直顫抖的身子，卻因為衣領被扯住的緣故，差點喘不過氣。

「我跟她之間的關係，並不需要告訴你。少爺，與其花時間追究我的隱私，你為何不跟安琴小姐重修舊好，非要來惹我生氣不可？」

恩斯特看著說書人，察覺到他的眼中確實燃著怒火，便鼓起勇氣推開說書人，說道：「你為人不如外表純正，還四處跟女人有關係，安琴真是看錯你了……我不准你

再接近她！」

「我不得不佩服你有極為優秀的想像力，我該走的時候，沒有人可以留得住我。」說書人諷刺地說著，「我告訴你吧，如果你真的愛她，應該堅持一點，坦率一點……明白嗎。」

恩斯特被說書人這樣一說，對他而言簡直是種侮辱，害他喘了口氣，怒道：「你懂什麼？這一切的原因都在你身上，我跟安琴原本相處得很好，都是因為你突然介入我跟她之間……」

說書人冷不防笑道：「原來你的愛只有這麼一點，你太沒自信，又太深愛安琴，所以任何一個男人的出現，都會使你懷疑她的真心。」

恩斯特從未被人這麼毫不留情的批判，更因為說書人每句話講到他的心坎裡，他覺得尷尬，故而藉由起身的動作，掩飾自己內心的懊惱。

「好吧，只要讓我發現你對安琴有任何不軌的動機，到時你想走都走不了，明白嗎？」

「你為什麼要這麼重視她？」說書人突然問道。

「你、你別搞錯，我只是想要保護她不受你這種花花公子的誘惑！」

說書人凝視恩斯特，不自覺地露出微笑，「我直到現在才終於明白，你那麼激動，都是重視安琴小姐的關係……可是你怎麼不直接向她表白，卻要迂迴地制止我接近她呢？」

恩斯特感到難為情，於是口氣強硬道：「閉嘴，少用這種口氣對我說教，我的事不需要你管！」

說書人看著恩斯特，唇邊發出一道輕嘆。

「人世間的愛情，總是充滿愚不可及的自我奉獻。在下遇過不少像你一樣的男人，為了心上人而奮不顧身地將熱情投注在愛情之中，就算付出也得不到回報。在下從沒體會過這種感覺，覺得很不可思議。」

「真意外，你居然也有不知道的事。」恩斯特走向說書人，指責地說：「但是被你這麼一說，好像我這麼做很蠢！」

「是的，雖然愚蠢，卻強烈地吸引著我。」說書人道：「我無法做出像你這樣為愛付出一切，進而被愛沖昏頭，喪失理智的愚蠢行為……說好聽點，簡直蠢透了。」

「你的好聽話就這樣刺耳，難聽的話豈不是毒辣入骨？」恩斯特難以苟同的看著說書人，氣得掄起拳頭，怒罵道：「你說這麼多，究竟目的何在？」

說書人露出困惑的微笑神色，目光混雜著一種敬佩。

他用深呼吸壓下那種感覺，淡然說道：「我這個人不管做出任何行動，最先想到的都是自己的利益。無論是深刻的感情，抑或是痛苦與悲傷，我已將人類那些特有的混雜情感，隨著人性的逝去而一併遺忘。」

「當我從你身上看到一個男人對女人執著的單純感情，這讓我警覺到，或許我不曾真正瞭解過愛情。我實在想不透，你看起來一副聰明相，怎麼會如此沒有理智？既然得不到回報，又為何要付出？我一直在想這個問題，對你不由得有種尊敬的情感，甚至對你感到羨慕。」

恩斯特臉色軟化下來，但眼神仍舊陰沉地打量說書人，「對啊，我沒有理智，所

以我比你深愛著安琴，要是她往懸崖裡跳，我也會跟她一起跳下去！怎樣，你有這種膽量嗎？」

說書人面露溫和的微笑，「真可惜，這一點是在下無論如何也做不到的。要是我跟你一樣單純又未曾被現實擊潰過，也許我能試試你的方法，談一次白費力氣、不求回報的戀愛……好像挺不錯的。」

恩斯特又氣又怒的看著說書人，他知道面前的男人說話尖酸刻薄，還對他富有敵意。可是當他發現對方臉上的微笑帶著一點苦澀時，恩斯特不知怎麼反駁，只好默然不語。

「以下我說的話請您聽仔細，至於怎麼做就看您的意思了。」說書人向恩斯特聲明道：「我對安琴小姐並不是你所想的那樣，你可以不相信，但是你最好小心你找回來的吉普賽女郎，她是個禍害。」

「你說這些是什麼用意？」恩斯特見說書人要走，連忙拉住他的衣袖，「站住，把話說完再走！」

說書人厭煩地把他推開，「在下已經說過，言盡於此！」

「你話說一半就想走，哪有這種事？好，今晚若不逼你把話說出來，我就跟你慢慢耗！」恩斯特本以為自己很怕說書人的冰冷目光，沒想到一提起安琴的事，他不顧一切的跟對方糾扯不休，誓要留下說書人講明事實。

說書人盡一切力量抗拒著恩斯特，可不管怎麼做，都無法把手臂從他的手裡掙脫出來。說書人怔得發愣，從沒想過像恩斯特如此文質彬彬的青年，竟有這等驚人的力氣。

兩人訝異地注視彼此，當他們因扭扯在一起而跌倒的時候，靜默的房間裡響起激烈的碰撞聲，最後以恩斯特的悶哼聲做為告結。

恩斯特眼前一片黑，他撐起瘦弱的身軀，只記得自己倒在一個柔軟溫熱的不明物體上面。他低頭看見躺在自己身下的，竟然是說書人像鋼鐵般柔韌而強壯的身體。

此時房間很暗，也沒點燈，只有黯淡的月光射向窗格子，為房內帶來一些明亮。

恩斯特看見說書人一雙灰藍色的眸子，他嚇了一跳，便伸手撥開說書人的頭髮，想看

清楚那男人的臉。

說書人仰著臉，不高興的看著恩斯特，「看夠了嗎？」

就在恩斯特說不出自己為何失態，進而慌忙起身的時候，他顫慄的心情尚未平復，馬上又迎來另一個打擊——他聽見身後傳來聲音，轉頭過去看見安琴不知何時站在敞開的門口。

她端著茶點，臉上寫著訝異與疑問，整個人愣在原地不動。

恩斯特察覺安琴看他的臉色，就像在看變態大色魔一樣。他一緊張，走到門口向她解釋道：「那個……這、這純粹是意外，剛才我們在講話，不小心摔倒在地上，不是妳想像的那樣！」

「哦，好厲害啊。你究竟跟戴維安先生說了什麼，才會跟他用這麼奇怪的姿勢坐在地上？」

「什麼也沒有！」恩斯特著急地說：「妳來這裡有什麼事？」

安琴鄙夷地看著恩斯特，「我會過來這裡，都是安瑟勸我跟你和好，我才端了自

已做的東西想請你吃……看來已經沒必要了。」

「咦，為什麼？」恩斯特僵著笑臉問。

安琴走進房間，把托盤重重地放在桌上，「恩斯特，你不能因為被女孩子拒絕，就對男人產生興趣呀，你還不承認你推倒戴維安先生，還摸他的臉嗎？」

「什麼，我推倒他？」恩斯特大叫道：「那是不小心的！」

「你不要解釋了，我才不相信呢。」

安琴厭惡地對恩斯特吐舌扮鬼臉，當她看見說書人從地上起身，於是把擋在她面前的恩斯特推開，飛快地奔去慰問說書人。

「戴維安先生，我聽見好大一道聲音，好像兩輛高速行駛的馬車相撞一樣……你是不是被恩斯特欺負了？我會主持公道的，來，把你的委屈全說出來吧，我會負責的！」她說這句話時，簡直像擔心丈夫的小妻子。

「安琴，妳這樣問，好像我真的跟他有什麼似的！」恩斯特氣惱地吼。

說書人揉揉暈昏的眼皮，他看見恩斯特與安琴不和的樣子，心裡確實有點在意。

但是為了懲罰恩斯特對他如此不敬，便刻意提高音量說道：「在下不要緊，可是先前舒赫公子不准我離開房間，非要留我下來。我想拒絕，他就用腳絆倒我……接著發生的情況，安琴小姐應該看見了。」

「這……這種情況還說不要緊？」安琴惱怒地回頭，「恩斯特，你說喜歡我，根本是騙人的！我看，你從一開始的目標就是戴維安先生吧？」

恩斯特有口難言，心裡更是隱隱作痛。不料他揚起目光，見到說書人站在安琴身後，很惡劣地對他瞇眼微笑的模樣，氣憤難忍的說：「妳這個又蠢又粗俗的女人，居然相信那個男人說的話，妳是不是從一開始就是為了他才拒絕我？」

其實安琴早就對恩斯特借故找一些小事來大做文章而覺得厭煩，在她看來恩斯特只是想擴大事態，好達到他的目的。因為她拒絕了他，所以才這麼唯恐天下不亂，非要她跟他一樣難過！

「隨便你怎麼想，反正你嫌我粗俗愚蠢，逼我改變個性……像你這種愛還真了不起！請你趕快死心，去找一個配得上你的千金小姐！」

「我沒嫌過妳的身分，妳倒嫌我不對，枉費我對妳的一番情意！」

說書人見兩人又在吵架，還相互指責對方的不是，便有些罪惡感的看著他們，打算為剛才的事解釋，「你們別吵了，剛才只是一場誤……」

安琴飛快地轉身，搶話道：「戴維安先生，你什麼都不用說了，恩斯特這傢伙就是看我不順眼，處處找我麻煩。因為他向我表白又被我拒絕，正懷恨在心哪！」

說書人困惑的搖頭，試著說些什麼。沒想到這個舉動惹來恩斯特對他的仇視，讓產生裂痕的兩人誤會更深。

「夠了，妳給我閉嘴！」恩斯特盛怒之餘，恨恨地瞪著安琴，氣不過便說：「我會喜歡妳，真是世紀的大笑話！」

「笑話就笑話，反正我死也不愛你！」安琴被恩斯特一罵，心中有些刺痛，但是她仍然逞強地拉著說書人離開。

恩斯特見喜歡的女人處處向著別人，他心裡也不好受。不等他們有動作，他隨即像逃難似的奪門而出。

恩斯特一路跑跑停停，耳邊縈繞著安琴的聲音，想起說書人與安琴的模樣，恩斯特感覺挫敗，既無法忍受安琴愛上說書人，又不肯拉下臉向她道歉。

他氣自己沒用，竟如此放不開一個女人。

恩斯特心想，因為安琴一直在他身邊，兩人的相處有如家人般融洽自然，導致他為了這種理所當然的感覺而無法向安琴說不出口，直到父親要求他跟別的女子結婚，他才意識到自己多不願和安琴以外的人在一起。

不知道從什麼時候開始，他就喜歡她，喜歡得不可自拔。他愛她，但是她卻不能瞭解他的心意，雖然他不像說書人那麼有吸引力，他卻希望她一直在他身邊，不要離開他……只是，現在說什麼都來不及挽回了。

恩斯特的好友阿德里安在大廳角落發現他的影子，問了恩斯特事情的經過後，便說：「你不能愣在這裡，別讓那個男人有更多機會搶走安琴的心，否則這場愛情戰役，你是輸定了！」

恩斯特失控地大吼：「我從一開始就沒有加入戰役的資格，在正式參戰之前就被判退場，還有什麼輸贏可談，我輸得起嗎？」

阿德里安還想說什麼鼓勵他的話，卻被恩斯特那張寫滿痛恨的面孔逼得住嘴，他嘆口氣掉頭離開。

恩斯特低頭瞪著光亮的大廳地板，耳邊響起不知嘆過幾次的懊惱聲。他緊抿嘴唇，雙頰漲紅，最後放棄形象的坐在地上，就算有侍女勸他去找張椅子坐，也統統被恩斯特氣吼著斥退。

他見大廳空無一人，這時所有悲傷湧上心頭，他把臉埋在彎曲的膝蓋之間，雙手耙梳著深黑色的頭髮，哽咽的聲音聽來相當黯啞。

為什麼會這樣呢？恩斯特問著自己，他過去和安琴不管發生什麼事，都能感情融

洽的相處下去。這一切變化是因為說書人的出現，還是他對自己沒信心，無法忍受她對別的男人示好之故？

儘管恩斯特沮喪無助，卻沒辦法提起勇氣正視安琴不愛他的事實。正當他沉浸在自己的思緒，低頭看見地板映出一道黑影，隨著輕巧的腳步聲，他抬頭看著悄然出現在面前的黑袍女子。

女子唇邊浮起微笑，她伸出手，輕提他的下巴朝向自己。

「卡爾曼小姐。」恩斯特幽幽地說：「妳換了一套衣服，看起來好像真正的占卜師，不知道能否為我占卜？」

卡爾曼興味盎然地看著他，「你看起來好失意，難不成跟那位小姐有關？」

恩斯特腦中一團亂，空洞的雙眼寫滿茫然，不知如何回答。

「在這麼陰悽寒冷的天氣，你不該坐在地上，讓小女子幫你的忙好嗎？」卡爾曼扶起恩斯特，帶他到自己房間，並且為他占卜。

恩斯特冷眼看著女郎一副神祕的樣子，他不懂那些占卜道具，卻能從她的低語聲

聽出一股愁悶的韻味。就在恩斯特絕望的時候，他看見卡爾曼臉上的歉然苦笑。

「我得告訴你，關於你的戀情，將在某個男子的介入下粉碎瓦解。」

恩斯特的反應並不激烈，他的眼神黯淡，聲音低沉，「不用妳占卜，我也知道沒救了……看來我這一生，只能這樣過下去了。」

卡爾曼微笑道：「那可不一定，畢竟事在人為。還記得我以前曾經跟你說過的愛情靈藥嗎？它能夠讓那位小姐與你墜入愛河，你可以藉由它改變她的心，使她愛上你。」

恩斯特見卡爾曼從懷裡拿出靈藥，好像要送他的樣子。他盯著小巧的瓶子，伸手要拿，卻被她戲弄地收回瓶子。

他撲了空，生氣地問：「妳不要給我？」

「這個靈藥要你親自餵所愛的女性喝下，藥效可說是相當地強。可是……我為什麼要把這個萬能靈藥給你呢？除非你要用珍貴的東西跟我交換，否則免談。」

看見卡爾曼那明亮而狡猾的眼睛正在笑，恩斯特握著拳頭，不斷提醒自己這可能

是個陷阱。吉普賽女郎是出名的貪婪，他不能急著想要靈藥而隨便答應她。

房間流過一陣令人難堪的沉默。

「妳要錢？」他問。

卡爾曼搖頭，略含暗示的挑眉微笑，「錢對小女子是身外之物，我要的是無形的東西。」

「對我來說最珍貴的東西，就是安琴的心。」他看著她，語氣沉重地說：「但是，我不想用這種方式強奪她的心，就算她不愛我也不能這麼做。我們兩人若要幸福，就必須建立在一樣的觀念與想法上……也許父親說得對，理想的婚姻都是要門當戶對的。」

「你準備把她送給另一個男人嗎？」卡爾曼尖銳地問道。

「我真不想在這種時候體悟到這一切，但是……好吧，安琴跟他在一起，可能會比跟我還要幸福吧。」

卡爾曼聽恩斯特這一番話，不由得仰頭大笑。

「舒赫公子……不，我叫你恩斯特吧。你這種希望簡直強人所難，你明明深愛那名女子而想利用靈藥佔有她，卻又為了她的幸福著想，以致捨棄自己的幸福……在愛情與理性上，這是兩種不同的極端，你太矛盾了。」

「嗯，妳說得對，我為了不讓安琴從我身邊逃開，曾經想用這靈藥讓她愛上我，可是……那一定不是我們兩人的幸福啊。」

「哦，我問你。如果她將走出你的生命，所嫁的男人不是你……這是你希望看見的情景嗎？」

恩斯特碰觸女郎的眼神，他的臉上充滿深深的苦楚。

「振作起來吧，你必須知道，現實的愛情若不獲得世人的認同，終將化為幻影。瞧你這張愁苦的臉，若是別無選擇，何不試試愛情靈藥？它一定能幫你取回屬於你的那份愛情……只要跟我簽一份契約就行了。」

卡爾曼把靈藥放在恩斯特面前，強迫他收下。

「真的這麼簡單？」他還是有些不敢置信。

卡爾曼的嘴唇微微揚起，她的眼神在瞬間褪去所有的情感，變得冰冷。

「我可以把藥給你，但是我得留點你的血，好讓你到時無法賴帳。」她很快地說，接著挽起他的袖子，拿一把小刀往他裸露的手腕一劃，頓時鮮血湧上割裂的傷口。

恩斯特受驚的收回手，睜大眼睛瞪著她，卻被她抓住不放。

卡爾曼從懷裡拿出一張紙捲，用羽毛筆沾著恩斯特的血，在紙上快速畫了一個記號，接著要求他在上面簽名。

「這是什麼？」

「來，用你的血簽字，當做契約的證明。至於該給我的代價，等你用到它的時候再還就好。」卡爾曼將筆塞進他手中，聲音溫柔道。

恩斯特聽了，雖然還是對一瓶能改變人心的靈藥，抱著幾分懷疑。但是有這種方法可試，說不定、也許……他不用放棄安琴，可以擁有她的心。

只要擁有愛情靈藥，安琴的心將徹底屬於他。

恩斯特拿起沾血的羽毛筆，內心糾結著複雜的情緒。當他腦海掠過安琴微笑的面容，便憑著一股狂喜的衝動，在卡爾曼遞過來的紙捲，不再遲疑地簽下自己的名字。

卡爾曼陰沉的臉頰，露出一個神祕而愉悅的微笑。

第八章 愛情靈藥

翌日早上，安琴在偏廳吃完早飯，她趁侍女忙著工作的時候，獨自在屋裡四處亂闖。她發現說書人與舒赫伯爵都不在大廳，就從穿堂跑上樓梯，溜到二樓的書房。

她躡手躡腳地挨近門邊，聽見從門縫流洩而出的說書人聲音，好像正在說一個充滿哲學味的故事。安琴深呼吸，設法使自己躁動的情緒穩定下來，她站在門外輕喘幾聲，等待房裡回歸一片平靜。

「舒赫伯爵，在下這個牧羊人與狼的故事，就說到這裡。」說書人的聲音響起後，房間流過一陣鼓掌聲，接著才傳來伯爵說話的聲音。

「先生，你很厲害，竟把平凡無趣的故事詮釋得這麼出色，讓我有種初次聽這故事的新鮮感。」

「不敢當，在下只是履行與舒赫伯爵的約定而已。」

安琴聽見房內一陣沉默，她猜想這種氣氛，可能是伯爵不知如何回答說書人，只好安靜不說話。她選在這時敲門，不等裡面的人回應，隨即開門走進房裡。

「舒赫伯爵早安，我來跟你打招呼，哎呀……沒想到戴維安先生也在這裡，不曉得我能否參與你們的話題？」

她神態從容地走上前，向舒赫伯爵問候道。此時，為了不讓房裡的人對她不請自來的行為產生疑心，安琴特意笑得比任何時候都還親切，還為自己說明進門的動機，就這樣順利融入兩個男人的談話。

「安琴小姐，早安。」說書人轉身面向安琴，以溫柔的目光回她的微笑，「在下說了一個故事為伯爵打發上午悠閒的時間，妳不嫌棄的話請坐下來。」

舒赫伯爵打斷說書人的話，「安琴，恩斯特沒和妳一起來嗎？」

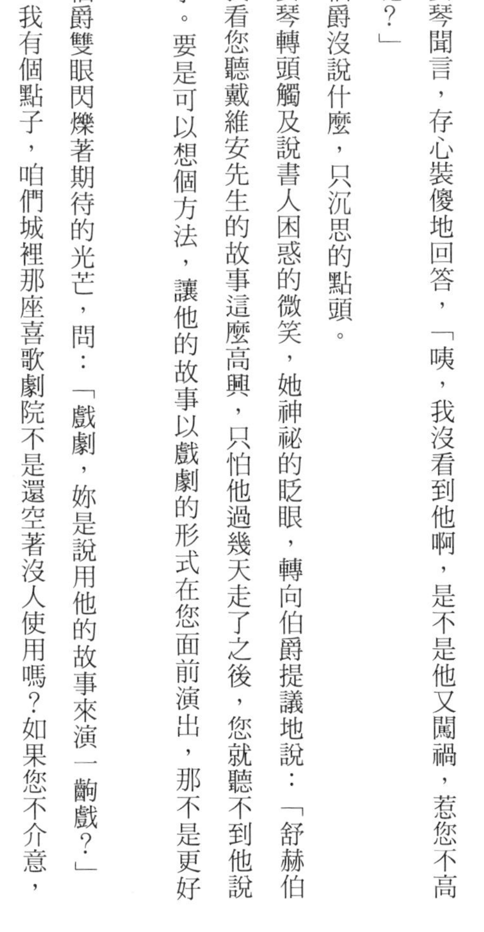

安琴聞言，存心裝傻地回答，「咦，我沒看到他啊，是不是他又闖禍，惹您不高興了呢？」

伯爵沒說什麼，只沉思的點頭。

安琴轉頭觸及說書人困惑的微笑，她神祕的眨眼，轉向伯爵提議地說：「舒赫伯爵，我看您聽戴維安先生的故事這麼高興，只怕他過幾天走了之後，您就聽不到他說故事了。要是可以想個方法，讓他的故事以戲劇的形式在您面前演出，那不是更好嗎？」

伯爵雙眼閃爍著期待的光芒，問：「戲劇，妳是說用他的故事來演一齣戲？」

「我有個點子，咱們城裡那座喜歌劇院不是還空著沒人使用嗎？如果您不介意，我想找恩斯特跟一些劇團演員，在您生日那天演戲給您看，一定比戴維安先生在這裡講故事還要有趣！」安琴用手肘輕撞一下說書人，臉上揚起惡作劇的微笑，「你會幫我們這個小忙，對嗎？」

說書人知道他不管說什麼，都不會改變現況的發展，於是苦笑了一下，「若是有

在下能幫上忙的地方，就請妳別客氣吧。」

「安琴，妳的這個點子很不錯，歌劇院方面就讓我派人去交涉吧。」伯爵看著安琴與說書人，期許地說道：「演戲和說故事可不一樣，妳如果到時演得不好，我可是會皺眉頭的。」

「舒赫伯爵請放心，我會請專業的劇團來幫忙彩排，您只要進場看戲就好。」安琴自信滿滿道：「戴維安先生也會參與這場演出，由他出馬，一切保證沒問題！」

伯爵見安琴拍胸脯保證，一副很有信心的樣子，便欣然應允她大膽的提議。

這時候，安琴藉著要與說書人討論劇本的理由，把他從伯爵身邊帶開。兩人恭敬地向伯爵行禮，退出書房，走在往大廳的路上又開始聊了起來。

「妳這個主意真是出乎在下的意料，怎麼事先沒問過別人的意思就擅自決定了呢？」說書人用一種溫柔而文雅的口氣問著安琴，即使他有些困惑，卻沒有發怒的樣子。

安琴朝說書人望了一望，笑道：「你以為我是臨時起意嗎？事實上，我計劃這件

事很久了。從你告訴我魔鬼之事開始，我就想利用今天這個場合，光明正大地走進歌劇院，與那個專做壞事的魔鬼會上一面。」

說書人猶疑了一下，答道：「原來如此，倒是在下唐突了。不過妳這麼做，難道不怕危險？」

「我要是怕危險，就不會想瞭解你的事。」安琴說話的時候，臉上沒有一般少女該有的羞澀，但她直爽的說話方式卻不惹人討厭。

她這段話還沒說完，說書人隨即想起他與魔鬼的遊戲。雖然經過昨晚，他再也不想介入兩人混亂不堪的感情風波，可他不能放任魔鬼搶先他一步擺弄安琴與恩斯特，何況事關遊戲的輸贏，他絕不能在這裡就輸了。

說書人想畢，便向她岔開話題的說道：「安琴小姐，在下可以和妳聊聊昨晚那件事嗎？」

安琴點點頭，同時她發現說書人常說一些言不由衷的客氣話。他好像很習慣壓抑自己心裡的感覺，總是表現出一副優雅的氣度，深沉得讓人摸不透他的脾氣。

說書人停頓片刻，說道：「我當晚只想懲罰一下恩斯特，最終還是希望你們和好，卻沒想到弄巧成拙……我很抱歉，希望妳能代我向他傳達這些話。」

安琴意識到說書人話中的意思，便問：「為什麼要特別告訴我？」

「難道妳還不明白他對妳的心意？」說書人驚奇的問。

安琴受了說書人那幾句話的影響，不由得思考她跟恩斯特為什麼一再爭吵。其實她不討厭他，只是單純拉不下臉好好跟他相處，甚至求和……如果她那樣做了，就會覺得好像輸給了恩斯特似的。

她明明沒錯，為何想到恩斯特昨晚受傷的臉，她就覺得好像欠了他什麼？

說書人見安琴苦思不已的模樣，他不直接戳穿她想不透的原因，而進一步暗示地說：「妳對他不只有兄妹的感情，應該還有更深刻的其他成分。但是，這些必須靠妳自己領會。」

安琴仍是一臉困窘，「可是……我不明白，像他那種笨蛋，你為何要幫他說話呢？我對他有沒有感情，和你有什麼關係？」

「就算妳再不明白，也別再說傷害他的話。」

安琴一雙大眼不捨的望著說書人，為他偶爾板著臉說教的模樣眷戀不已。當她與他視線相交，便努力想著閒談的話題，卻終究想不出來。

說書人觸及安琴的眼神，他訝異了一下，那種一心一意的眼神讓他感覺熟悉，好像在什麼地方曾經看過，讓他印象深刻極了。

這一瞬間，在他內心的某個理念因此斷裂，他憶起過去，在他最深愛的某個少女身上，也有像安琴一樣的眼神。然而她始終未曾用這種眼神看過他，即使他愛她，卻只能抱著她逐漸冰冷的屍體，讓眼淚濕潤她乾澀的臉頰。

說書人雙眼直朝著安琴看，他的眼中沒有懇求，神情默然，最後一句話也不說的執起安琴柔嫩的手，在上頭輕吻一下。他沒等安琴開口說話，沒有給她一絲喘息的機會，逕自掉頭離去，只留下無盡的沉默。

聽見說書人的腳步聲漸漸消失在走廊的盡頭，最後傳來規律踩踏樓梯的聲音，安琴不由自主地想起他愁悶的眼神，彷彿她說了什麼傷害他的話。

流洩於洋館的優美琴聲，將安琴引向大廳。她好奇地聆聽觸動心弦的聲音，陷入圍繞於鋼琴伴奏的浪漫氛圍，宛如置身於靜謐的月光之中。

在低沉樂聲的牽引下，安琴每走一步，便逐漸在音樂譜成的幻境中，進入一個灑滿淡淡月光的典雅廳堂。她能感覺，月光化成詠嘆的前奏曲，正在向她訴說一段深刻感人的愛情故事。

它侵入人的心靈深處，勾起輕柔飄渺的旋律，令聽者深深沉醉。

安琴停下腳步，睜開眼睛，察覺自己站在大廳，她一轉身，見到氣質高貴的青年正在彈琴。他的姿態優雅，但是眼神卻藏著苦澀，即使手下撥弄古典的琴鍵，彈出的音弦卻透露著一種憂鬱。

柔美的琴聲因為少女的接近而驟然停止，彈奏鋼琴的青年在安琴的注視下，感受

到一股前所未有的焦慮感。他離開鋼琴走到她面前，皺眉問道：「安琴，妳怎麼一副恍惚的樣子？是不是不舒服？」

安琴感覺到恩斯特將溫熱的手覆在她的手上，並且一把抓著不放，進而讓她漸漸地恢復理性。她搖搖頭，在與他眼神相交的時候，發現恩斯特眼神深處藏著渴望的光芒。

她揚起略帶疑惑的微笑，眼睛眨了幾下，「我沒事，恩斯特，我……呃，應該算有事吧。昨晚……那個你知道的，就是我……」

「我什麼都不知道。」恩斯特口氣直快的說完，轉身背對安琴走開。

安琴情急地追了過去，「你怎麼會不知道呢？就是我以為你壓倒戴維安先生，你氣得跑走的那件事啊！他已經跟我說明過了，還要我向你道歉……」

「妳還真是不懂得思考，如果他沒說，妳是不是今天不會來找我說話？」恩斯特氣悶著一張臉，心中充滿妒意。他將手放進褲子口袋，悄悄握住卡爾曼給他的愛情靈藥，計劃在安琴沒有防備的時候餵她喝下去。

安琴很驚訝的看著他，「你……你是不是像他說的一樣，對我有很深的感情，所以吃醋？」

又是說書人！恩斯特聽見安琴的聲音，如針般刺進他的意識，讓他感覺愁悶絕望極了。難道他們之間一定要有另一個男人的存在才能有所進展？難道不靠說書人，安琴就不能體會到他的感情有多強烈嗎？

安琴繞到恩斯特面前，抬頭往那雙深邃晶亮的藍眼睛看進去，她看見他的眸子帶著苦惱，心想她可能又說錯話了，便著急地說：「我說了傷害你的話，對不起。但是你也不對，老是不直接把話說明，還這麼迂迴……唔，我不是要說這個啦，總之我不會說話，但絕不是討厭你……好吧，我應該要早點說的。」

恩斯特睜大眼睛，驚訝的注視安琴，緊緊地握住她的肩膀，「那麼，妳先前說的話只是礙於害羞，不是有意要這麼說的嗎？」

他們四目交錯，彼此的眼神勾動出一種熱情的光芒，安琴被恩斯特雙眼泛著的溫柔嚇得退開一步，隨即被他擁住。

青年將少女的身體擁在懷中，咀嚼著她紅著臉說的話，柔聲傾訴如誓言一樣的話語，「安琴，對不起，是我不夠坦率，但是不管要說幾遍這句話，我都要告訴妳……我喜歡妳，真的很喜歡妳。」

安琴屏著呼吸，閉上雙眼，聆聽來自耳邊的恩斯特聲音。他帶著暖意的低語聲令她的心不再慌亂，她知道他一直在她身邊，不曾更改過任何心意，或許她早就知道他的感情，只是死也不肯說。

「真是的，你好令人煩惱。」安琴忘了要推開恩斯特，一心沉浸在他的溫暖之中。

想到她一個未婚少女跟男人在大廳摟摟抱抱，若是被父親或奶媽看到，他們八成又要責備她——本來這些不安已經佔滿安琴的心，但是恩斯特的回答卻讓她忘了這些，不由自主地對他微笑。

「對我來說，那個害羞可愛又善良的恩斯特，才是我熟悉的人，如果你不要想著把我變成別人，不要亂吃飛醋，我就考慮接受你的感情。」

「只是考慮？」恩斯特一張臉都垮了，「那我對妳的表白又算什麼呢？」

安琴見恩斯特不停皺眉，她感覺莫名其妙，但覺得他這樣非常可愛。她沒回答他的話，只輕輕將他推開，再伸出手將他一把抓住，高興地問：「好了啦，我有件事情要找你幫忙，你不能拒絕喔。」

「究竟是什麼事？」恩斯特納悶地問。

「過幾天就是舒赫伯爵的生日，我向他老人家提議，在歌劇院以戴維安先生的故事演一齣戲給他看，我請戴維安先生參與演出，你也來幫忙吧！」安琴說。

恩斯特皺著眉頭，「妳為什麼這麼自作主張，老是以為我會任妳擺佈呢？而且，妳會演戲嗎？」

安琴將一雙微笑的眸子朝向恩斯特，「不會演戲又怎樣？我的目的才不是為了演戲，只要能去歌劇院就好了。」

「那妳的目的是什麼？」

「為了討你父親歡心啊！你有時間疑神疑鬼，還不如跟我出去找劇團演員談演出

的事，我們可有得忙囉。」她說時還眨了一下眼睛，把恩斯特問她的話四兩撥千斤的一語帶過。

見安琴高興的模樣，恩斯特不悅地瞄著她，為了她與說書人過分接近的事而耿耿於懷。他暗忖著，要怎樣才能把安琴的注意力完全從那個男人身上移開，但是沒過一會，他就被安琴拖拉著離開大廳。

兩人吵鬧談話的聲音繞纏在洋館四周角落，誰也沒注意到在那個笑語喧譁的大廳角落，一道灰色身影從長廊緩緩走出，並且獨自站在那裡，以冷漠的神情盯著他們遠去的身影。

說書人臉上浮起混雜的情緒，雖然他把安琴與恩斯特和好的過程看在眼裡，可他心裡卻充滿陰鬱，還有些憤憤不平，好似親手把珍愛的至寶送給別人。

他沉默了一會，裝作不以為意的四處張望，轉而動身向大廳門口走去。說書人發現卡爾曼站在牆角偷窺著他，鮮紅的唇角微張著，似乎在笑。

說書人感覺很不是滋味，他討厭被一個不知是男是女的傢伙跟蹤，見她如此留心

他的舉動，好像他的一切都掌握在她手中，任她捉弄……她還真以為他拿她沒有辦法？

這樣下去不行，他必須採取積極行動。

說書人走上前對女郎消遣地說：「真意外，妳居然在這裡閒晃，怎麼如此悠哉呢，還是快去取悅妳的主人吧。」

卡爾曼揚起微笑，「你的一舉一動，我全看在眼裡……從我見到你的時候，我就知道你的老毛病又犯了，施洛德，你討厭看到成雙成對的戀人，因為那會使你心痛。你自以為清高得像個君子，想使一對有情人結合，孰不知那只是你的偽裝，實際上你無法容忍別人談愛，因為在你心中那段揮之不去的陰影，又讓你痛恨起愛……」

說書人瞇起眼睛，恨恨地朝她罵道：「妳究竟打算監視我到幾時？快滾吧，我討厭看到妳。」

卡爾曼仰高臉，驕傲自滿的說：「你對我說話也太無禮了，但是我對你這種口出狂言的說話方式還蠻感興趣的，對你這個人，我並不感到乏味，有時你還會莫名地取

悅我，讓我開心。可是有一點總教我想不通……為何我們要互相威迫才能和平相處？為何你灰藍色的眸子總要對我燃起忿怒的火焰？」

說書人毫不遲疑的接口答道：「聽妳這麼說，好像妳瞭解我的程度，有如我光著身體的時候，妳都看遍似的！不錯，我一見到妳就火大，因為我不想跟妳有任何交集，若非擔心妳對那兩人出手，我早晚一槍殺了妳。」

卡爾曼高翹起頭，不在乎的狂妄大笑，「雖然你知道我的身分，卻拿我沒有辦法。要分勝負，逞口舌之快是沒用的，還不如讓小女子看看你矛盾苦惱的臉孔，這可讓人感到心神蕩漾……如何？」

「妳說什麼？」

她靠在說書人身邊，一副碰到男人就柔軟無力的狐媚模樣。她嬌笑地勾起手指，惡意輕戳他的西裝領子，朝他的耳邊呼氣。

「你以為懂得抱女人就叫做愛嗎？事實上，你只不過是在找一個肯跟你同病相憐的對象，就像捨不得丟掉玩具的小孩……你還不承認自己的心早已變得扭曲，就像我

一樣？」

說書人當下氣憤難忍，他卻推不開她，手臂還被她緊抓不放，甚至在推擠之間碰觸到她豐滿的胸部。一想到這點，他臉上立刻泛起受到傷害的憤怒。

「妳給我滾，聽見沒有？」

「我都看到囉，施洛德，你嫉妒別人的樣子好迷人，讓我好想告訴你……不管怎樣，我要看到你屈辱的表情，把你狠狠壓在身下，證明你沒有贏過我的一天。」

說書人一邊說，一邊用力把她推開，「真可惜，妳想試探我的感情，想必會更加失望。不管妳怎麼逼迫我，我永遠都不會看妳一眼。」

「我知道要贏這場遊戲，就必須放下尊嚴……就像這樣。」卡爾曼趁說書人視線混亂的時候，攀住他的肩膀，在他臉頰烙下她灼燙的唇印。

一股曖昧的濕熱感由此蔓延，令說書人像觸電似的跳開，「妳發什麼瘋？」

卡爾曼看見他的胸部憤怒地不斷起伏，勉強忍住了笑，「呼呼，呵呵……我該說你是個害羞的男人嗎？施洛德，你真可愛，不過我沒時間陪你玩了，再見囉。」

說書人看見卡爾曼的背影踩著輕快的腳步遠去，他站在原地，腦中不斷浮現她吻他的一幕。他疑惑地反覆想著，卻不知道自己呆然的臉，看起來就像在懷念卡爾曼充滿惡作劇的吻。

他飄忽的意識回到現實，發現自己居然想那件事想得出神，氣得連話都說不出來。連忙以手背用力擦拭被卡爾曼吻過的地方，頭也不回的趕緊離去，深怕被人看見，那他的顏面就會蕩然無存。

卡爾曼——也就是魔鬼這樣一再愚弄他，讓他早想教訓那傢伙。他知道他們兩個聚在一起，遲早爆出仇恨的激烈火花，他無法原諒魔鬼刻在他身上的傷痕，若不讓那傢伙跟他一樣，他心裡絕不好過。

說書人一面想著女郎的微笑，一面更感憤怒。一個惡毒的念頭竄進他的心，讓他重新專注在與魔鬼的遊戲，說書人便振作了起來，轉而計劃著要怎麼把魔鬼引進他一手策劃的迷離陷阱。

第九章 愛情靈藥

夜已深，圓潤的月亮高掛天邊，進而染上一片艷紅，深邃的暗夜已經來臨。

安琴興奮地走進說書人的房間，跟他報告白天的行程，「你知道嗎?伯爵先生真是很有效率!才一下子的時間，他就向人借到了歌劇院。我們今天去看場地，又跟願意配合我們演出的劇團討論事宜，現在就差戴維安先生的劇本了。」

說書人轉身過去，看著一臉期待的安琴，只應了一聲「哦」。他輕嗅鼻下，聞到少女帶著汗水的體味，略為舒爽的展開眉頭，卻依然沉默著。

「戴維安先生，我想請你在舞台上繼續擔任說書人的角色，不知你打算說什麼故

事呢？」安琴問。

「嗯……一個有關魔鬼與受他誘惑的男人之間的故事，怎麼樣？」說書人交給她謄好的劇本，他盯著安琴一臉無邪的笑容，內心暗自壓下罪惡感。

安琴翻著劇本，突然從說書人的話中察覺到什麼。

當她抬頭想問他，卻在與他四目相交的一瞬間，跌入他灰藍色的眸子，緊接著一道奇異的閃光，奪走她清醒的意識。

「看著我，不需要感到害怕。」

說書人雙手輕柔地放在安琴肩上，彎下身子對她說：「只要做一件簡單的事，妳就能光明正大地在舞台上，為我驅逐魔鬼。」

安琴兩眼無神的看著他，接著閉上眼睛倒在他懷裡。

說書人提起少女削尖的下巴，看著她唇邊微勾的笑意，意識到自己所做之事將會傷害她……不過為了報復魔鬼，他別無選擇。

他如湖水清澈的眸子掠過一絲不忍，隨即恢復原有的冷靜。

數天之後，一場別開生面的戲劇在喜歌劇院舉行，許多拿著邀請函的來賓湧入歌劇院，彼此談論今天是繼狂歡節之後，最值得慶祝的日子。

舒赫伯爵利用人脈關係，輕易借到歌劇院的場地，上演由說書人巧思安排的戲劇。原本這齣戲只演給伯爵與其家人欣賞，在伯爵本人的堅持下，邀請城裡的諸多貴人來看戲，若是這齣戲能得到他們的共襄盛舉，想必會是伯爵最感到光榮的一次盛會。

不過，伯爵之所以會這麼做，其實別有一番用意。他知道歌劇院因為一連串的殺人事件，才從昔日的盛榮景象變成冷清衰敗，要是這些人能為歌劇院做個公證，說不定過了今天，歌劇院有魔鬼的傳言就會不攻自破。

舒赫伯爵抱著這種心情，高高興興地與家人走進歌劇院，坐在舞台正中央的好位

置，準備欣賞一齣好戲。

這時候，在歌劇院的後台化妝室，響起恩斯特與安琴的談論說話聲。

「安琴，妳究竟是怎麼回事？這幾天妳都待在戴維安先生的房間，雖然說是要跟他研究劇本，但是也不該跟他形影不離，難道妳不擔心別人會怎麼看妳嗎？」

「少囉唆，這都是為了演一齣好戲，到時你會明白我的苦心。」

安琴頭上盤著長髮，穿著繡滿蕾絲花邊的漂亮戲服，可她卻背對恩斯特懶洋洋的說道，聲調僵硬死板，沒有她平常的活潑。

見安琴毫不在乎他的關心，恩斯特急著伸手將她身體扳過來，卻見到她凌厲精悍的眸子，以及那自傲的笑容，他感覺似乎在哪見過。

「安琴，妳……」

安琴將恩斯特的手撥開，動作遲緩地說：「大少爺，別來阻撓我，你盡力配合我就是，知道了嗎？」

恩斯特訝異得無法言語，那種說話的神情與口氣，他確實在某人身上見過。他不

明白安琴性格驟變的原因，只能默然看著她。

後台走進一個侍者，吩咐他們戲即將上演，恩斯特發現安琴走向門邊，他也跟著追過去。看她清純的臉上沒有任何表情，更增他心中的焦慮。

當他正準備要跟她爭論的時候，安琴凜然的聲音打斷了他衝口而出的話。

「我必須告訴你一件事……今天的舞台將會演出激烈的戲碼，請你不管如何都要保護好安琴，別讓她受傷，盡到你騎士的任務吧。」

安琴那番話引起恩斯特的好奇心，他看不見她說話的神情，只能從她的聲音判斷，她是帶著詭譎的口氣說話。安琴的一反常態確實讓恩斯特生氣，但他再怎麼惱火，也只惹得她更加冷漠。

她回過身，臉上愉悅的笑著，接著裝模作樣地提起裙子，像個出征的軍人般走出去，將恩斯特遠遠地拋在後面，準備登上舞台。

在歌劇院內的戲廳，充斥著沸騰的人聲，不管舞台上下都圍繞著走動的人影。一直到說書人出現在舞台，以優雅溫和的氣息吸引群眾的注意，逐漸平息那些躁動的聲音，令人愛上那位身穿西裝的青年。

說書人的聲音低沉地在歌劇院迴響，雖然低沉，但是卻渾厚地令坐在角落的人都聽得相當清楚。他咳嗽幾聲，臉上沉默的表情被吊在天頂的華美水晶燈柔和地照亮，接著舞台下傳來女性們驚嘆的聲音。

「初次見面，各位好，很榮幸與您在這座重新開幕的歌劇院相會，我是帶領您欣賞這齣戲劇的說書人。能與各位在如此動人的月色下見面，實感榮幸，但願我能誠摯地邀請各位，跟隨我一起進入充滿不可思議的世界……祝各位今晚愉快。」

說書人致完辭，恭敬地向觀眾們鞠了一躬，便退到舞台後方，讓紅色簾幕緩緩降下，營造出濃厚的神祕感。

此刻，幾乎所有觀眾都在凝視那片紅幕，他們睜大眼睛，屏著呼吸，在心裡盤算

說書人何時會再出現，連坐在私人包廂座位的舒赫伯爵也不例外。

伯爵帶著家人，以及嬌媚的女郎坐在位於戲廳三樓的包廂，那是一個專屬權貴才可使用的私密空間，在漆上金邊的牆面四周，皆以紅色簾幕圍住，看起來輝煌氣派極了。

「舒赫伯爵，您待我實在太好了，居然邀我來看戲。」卡爾曼唇邊一抹艷麗的微笑，襯托出她淺黑色的肌膚與一身盛裝的打扮。

她臉上掛著薄紗，身上也穿著薄紗，並且比平常穿得還要暴露，更要嬌媚動人，令包廂裡的所有女人都相形失色，甚至羨妒地看她。

伯爵和氣大方地說：「妳不要謝我，如果要謝就謝戴維安先生，他前幾日忙著教安琴練台詞，卻抽空到我那裡，要求我一定要帶妳來，而且要請妳坐在這個最好的位子，欣賞最好的節目。」

「喔？」卡爾曼挑眉，瞥了一眼靜沉的舞台，隨即發現說書人站在台下陰暗的角落，正在安靜地翻著劇本。

她站了起來，走到挖空的窗前注視說書人，當他們四目交接，女郎挑逗地朝他一笑。但是沒過多久，她發現有其他女人靠過去找他談話，他馬上別開了視線，好像不把她放在眼裡，叫她恨得牙癢癢的。

一道演奏的樂聲終於降臨在舞台上，卡爾曼也在伯爵的勸退下回到座位，開始欣賞戲劇。

悠揚的樂曲吸引群眾，他們盯著逐漸升起幕簾的舞台，不願移開視線。直到說書人走上舞台，站直筆挺的身子，朝台下觀眾露出微笑，群眾的眼前一亮，臉上寫著驚喜。

這時候水晶燈忽然熄滅，改由舞台前一排燭光照亮整間戲廳。說書人拿著燭台，唇邊發出意味不明的低語聲，當他手中微弱的燭光晃動，隨即將他拉長的影子映在周圍的佈景上，帶出一股悠遠古老的氣氛。

說書人停止低語，向觀眾朗聲道：「各位晚安，我是帶領您欣賞這齣戲劇的說書人。這座寂靜的歌劇院，因為各位的光臨而有了改變，今晚我將告訴各位，關於一個

棲息在歌劇院的魔鬼與受其誘惑的男人的故事。」

「今晚的演出沒有中場休息的時間，請各位睜大眼睛，和我一同找出隱藏在歌劇院的魔鬼……這是一場被設計好的遊戲，不到最後一刻，不會有人知道結局將會是什麼樣子。」

說書人抬頭注視坐在包廂的女郎，朝她咧嘴笑著，一副挑釁的模樣。緊接著退到舞台後方，由其他主要演員登場，揭起節目的神祕面紗。

戲劇上演了好一陣子，劇情亦由最初的陰暗與沉悶，逐漸轉至浪漫瑰麗的愛情故事——這齣戲敘說某個擁有順遂人生的男子，在面臨自己年華老去的一刻，赫然察覺自己從未有過刻骨銘心的感情。

當他終日哀嘆自己將要死去，一道帶著慵懶嗓音的黑色影子出現在男子面前，以能實現他任何願望的承諾，誘惑他簽下一紙「遊戲」契約。兩人相互約定，只要誰搶先一步滿足對方的需求，就要將靈魂奉獻給對方。

飾演被「黑影」誘惑的男子的恩斯特，穿著白色的長外衣，獨自站在遍佈死寂與

靜謐的舞台，任白霧掠過身邊，高聲說道：「清晨的微光照在我身上，為我帶來愛與希望，但是我不滿足，因為我傾心的女子拒絕了我，這就是命運嗎？」

這時，男子耳邊隱約傳來少女悲泣的聲音，安琴緩緩地走向恩斯特的身邊，說道：「我無法愛你，在我們之間相連的血緣羈絆，正是阻礙我們的重大原因。」

穿著黑衣的演員站在兩人身後，低語道：「人類是矛盾的生物，總將慾望深藏於心，何不及時行樂，用熱情的吻打破情感的隔閡？」

舞台傳來不在戲劇中出現，而以說書人身分登場的畫外之音，「這是魔鬼的試練，他總是以神聖的外表，引誘世人犯下最惡的罪行。看著人們陷入苦惱，他微笑的面容看來多迷人！」

觀眾們看戲，卻不時流露困惑的眼神，好像不懂說書人為何安排這種旁白。

說書人又說：「魔鬼並非虛假的幻影，他就在我們身邊，企圖引誘人心走向掉下去就爬不出來的罪惡深淵。當然，魔鬼也出現在歌劇院，就在這裡監視著我們，他無所不在，只盼我們遠離善道，落入他的掌握。」

這時，卡爾曼站起身，眼光落到舞台中央。她觸及他沉靜的目光，便不由自主地握緊雙手，突然明白他說這些話的用意。

他在暗示群眾，魔鬼就藏在他們身邊。換句話說，知道她身分的他，特意安排了這齣戲碼給她看，彷彿藉由戲劇之手狠狠嘲笑了她一番。

卡爾曼忍受不了，覺得非破壞這個舞台不可，否則她會發瘋的！於是，她將雙手張成爪狀，再將它用力握住，而呼應她這個動作的，便是所有燭光盡皆熄滅的黑暗舞台。

歌劇院內群眾驚慌失措的喊聲不絕於耳，當人身陷危險處境，便會感覺恐怖，令人不安。

說書人知道，魔鬼不能容忍任何諷刺與嘲笑自己的事物，必然會憤恨地引起軒然大波。說書人為了要魔鬼嘗到當初自己受的一切苦痛，站在陰暗的角落不動，就像一隻狩獵的野獸待在暗處，睜大精亮的雙眼，等待著把獵物一口咬下的時刻。

在舞台深處傳來了一道深沉的聲音，充滿惱怒與仇恨的聲音。

「施洛德，你很得意嘛，可見你還沒有學乖，不知道徹底惹火我有什麼下場。」

說書人舉高燭台，照亮站在他面前的女郎身影，他看著她憤恨的神情，笑著說道：「拜妳所賜，我現在可說是一無所有，早就沒有值得懼怕的事了。」

「這也是遊戲的一部分嗎？」她問。

「不如這麼說吧，對付敵人之前，要先了解敵人的能力……可見妳不明白，變成女人的妳其實是很好解決的，這次我一定要完完全全的摧毀妳才行。」

「呵呵呵，如果我贏了，你要怎麼辦？」

女郎毫不在乎說書人的威脅，恢復了她傲慢的常態。她露出潔白的牙齒，像魔鬼伸出獠牙般猙獰。

「到那時候，我就任妳處置……不過是在另一個世界！」說書人趁卡爾曼飛身撲向自己之前，將西裝外套一掀，露出冰冷的銀色光芒，隨即身子一閃，躲過她的撲殺。

卡爾曼飛快轉身，伸長手去搶說書人手中的燭台，當她一對紅眸被搖曳的燭光照

亮，看見一個少女站在她面前，雙手緊握著她所熟悉的銀光。

那是一把從說書人身上抽來的手槍！

安琴表情沉默，眼神銳利如劍。不給女郎閃避的機會，在剎那之間扣下手槍的擊發扳機，「轟」的一聲，讓銀彈的火花穿透卡爾曼的左肩，逼得她被震退數步，搖搖欲墜，好不狼狽。

一股強烈的煙硝與血腥味，立刻從卡爾曼肩上傷口噴湧而出，她按住血肉淋漓的肩膀，緊緊咬牙以遏止自己發出悽厲無比的慘叫。

安琴剛才打在她肩上的那一槍，讓她痛得就像被刀戳似的，雖然遍地黑暗，卡爾曼依然從滴落在舞台的水聲知道，那是她的血。

說書人冷眼打量著女郎，他的眼底掠過比極冬更加寒冷的氣息，接著拍拍安琴的身子，像一個傀儡師拉動懸絲傀儡般命令安琴開口說話。

「各位，今晚的戲劇必須宣告中止，因為魔鬼已在我神聖的銀光中被打出原形，不要放過這個偽裝的吉普賽女郎，她是魔鬼！」安琴揮振手臂指向女郎，鼓吹著眾人

上前抓住她。

卡爾曼又氣又怒，怎樣都想不到說書人竟擺了她一道，她雖然大吃一驚，可神志還算清楚，不會傻得跟眼前這群凡人起正面衝突。當一群男人湧上舞台，她便往舞台的另一側階梯逃了出去。

「快追，不能饒過那個罪大惡極的女人！」安琴站在台上，繼續高聲說道，她的模樣看來就像一個可怕的獨裁者。

恩斯特震驚至極，他見安琴雙眼無神，便急切地說：「妳怎麼會做這種事呢？安琴，妳究竟怎麼了？」

此時說書人拿走安琴手中拿著的槍，低聲對她耳語幾句，瞬間使她失去意識。說書人再將昏倒的她交給恩斯特，沉聲說：「沒事了，請你好好保護她，別讓她去涉險。」

恩斯特抬頭，「安琴也對我說過一樣的話，而且口氣和你一樣，這到底……」

說書人冷靜地觀察恩斯特，對他說：「我非離開這裡不可，現在所有男人都跑去

搜查那個女人，他們就算找了一夜也找不出她。只有我深知她狡猾的底細，我要走，也許我們不會再見面了。」

恩斯特聽了說書人的話，他皺起眉頭，對說書人不解釋安琴的異狀而感到失望。但是，他仍然點頭目送說書人離開，畢竟現在的情況過於混亂，他完全搞不清狀況，只能選擇守著安琴。

他再也不要放開她了。

卡爾曼一路跑得跌跌撞撞，不管到哪裡都有追逐她的男人，加上負傷逃亡，使她想起害她陷入不堪處境的原兇。她生氣極了，於是把臉上的面紗解開，將它用力扔在地上。

此刻的夜色染上一層薄寒，她走到月光照耀不到的地方，氣喘吁吁。

她知道事情會變成這樣，都是她變成女性的緣故，無法像過去那樣行動自如，才讓說書人有機可乘。在肉體以及精神上的疲累，讓她沒有任何喘息的機會，也許她會輸給說書人——

不，她還沒得到他的靈魂，遊戲不能結束。

她想要他的靈魂，而且渴望得到手。就是為此，所以平日才會一直找機會下手，卻沒料到今日落得這般窘境，她後悔極了，早知道就該逼說書人認輸，不該悠哉地玩遊戲才對。

就算她得到他的身體與心，可是若沒有他的靈魂，她得到的也只是一個空軀殼。想起說書人曾經講過的話，她自覺被羞辱，於是更加懊惱與怒不可遏，非要得到遊戲的全勝不可。

因為魔鬼絕不可能輸給凡人，所以她一定要贏。

卡爾曼的大腦正極力抗拒這個自欺欺人的謊言，她走了幾步路，看見一道挺直背脊的男人身影出現在她面前，她沒有向前走，而是惡狠狠地瞪著他。

「雖然我要殺妳很容易，但是我更想看到妳自投羅網的狼狽模樣。告訴我，妳現在的感覺如何，有沒有很屈辱？」晚風吹開說書人的瀏海，露出一雙銳利的目光，他愉快地笑道：「那些被妳殺死的人的痛苦，妳總算明白了吧？」

「閉嘴，你這該死的小人！」她叫道：「只是一個凡人，竟敢用這種手段陷我於危急之中，等我恢復身體，馬上變回原形殺了你！」

「妳不瞭解自己，也不瞭解人類，所以想盡辦法變成他們，以為這樣就能擁有他們的心，可是妳少算了一件事……人類永遠不如妳想的處於劣勢，當他們反撲過去，就是妳的死期。」

「少囉唆！」

死一般寂靜的夜裡，突然響起幾聲夜梟聲，氣氛變得莫名吊詭。

說書人沉浸在異常的喜悅，勾著嘴角說道：「妳想要接近我，就應該選擇更好的做法，而不是變成女人。如果妳用本來的面目出現，我還比較容易接受妳的存在。」

「你以為你是誰？有什麼資格命令我？就算變成女人，我也有辦法殺你！」

女郎對說書人吐出一長串惡意的咒罵，接著飛身去抓說書人，想用她的利爪去抓他，非要他見血才愉快。但是沒想到說書人身子一閃，讓她撲了個空，進而使身體失去平衡，整個人猶如沉落的鉛墜般跌在地上。

她睜開眼睛，覺得自己沒受傷，還跌進一個令她安心的柔軟懷抱，她近距離看見說書人的臉就在眼前，赫然明白他選擇最危急的時候抱住她，不致使她跌倒。

「混帳，放開我！等我恢復之後，第一個要找的就是你，我要把跟你有關係的女人統統殺光，聽到了嗎？」

說書人對女郎威脅的話語無動於衷，臉上帶笑道：「妳已經受傷了，省省力氣吧。」

「你要做什麼？」她惱怒道。

「我不做什麼，只想趁妳死前，把我的銀子彈挖出來，好在妳死的時候親手補妳一槍……」說書人戲謔地朝她一笑，故意激起她的怒氣，「妳先前也讓我吃了不少悶虧，現在剛好扯平。」

卡爾曼對說書人微笑的神色感到厭煩，打破沉默說：「氣死我了，每次我覺得可以超越你的時候，你卻趕在我面前，讓我拚命去追，還是無法追到你面前……」

「嗯，妳是贏不了我的。」說書人道，接著邁開步伐走向一間空民宅，把她的身子放在床上，再點亮桌上的燭台，為陰暗的室內帶來一絲光明。

「你認為這是遊戲嗎，說不定我會把你殺了。」女郎諷刺地說。

說書人打開皮箱，取出一個白色小盒子，從裡面拿出幾把手術刀，回頭看向卡爾曼，用說笑話的口氣回答，「妳捨不得殺我，除非妳不想把子彈拿出來。」

女郎聞言愣了一下，「說的也是。不過我可以告訴你，這次我一點也不想找你麻煩，只會減少我的樂趣。」

「那妳想找什麼，找死嗎？」

她逞強地仰頭大笑，「你有空閒扯淡，不如趁機插我一刀，這樣就能把我殺了。反正這次遊戲跟你打成平手收場，把你整過一回，我也滿足了。」

他低下頭，坐在床邊看她，一手按著她未受傷的肩膀，一手拿著銳利的手術刀。

他問話的聲音相當平靜，卻帶著尖銳的刺探，「妳為何不像過去一樣露出妳惡毒的一面，為何不變回原來的樣子？回答我，把妳真正的目的說出來！」

她苦笑，「我哪有什麼目的？如你所見，我被變成女人的身體害慘了，除此之外，你的銀子彈也有一份顯著的功勞。它封禁我的力量，現在我幾乎沒有拒絕你的氣力，更別說恢復原來的形態。」

「那麼，我幫妳一把，不過會痛一點，妳忍一忍。」

說書人嘴角露出逞兇前的微笑，他按著卡爾曼，把被火烤過的刀子往她肩上的傷口割開一條縫隙，傷口頓時血流如注。

她壓抑著疼痛，不肯在說書人面前昏倒，但是這種刺激太強烈了，使她藉著說話來分散痛楚，不然她快要受不了了。

「沒想到你出手如此狠毒，動刀之前沒有麻醉，對女人一點也不留情，還挺帶種的。」她嘆息地皺眉微笑，聲音有些嘲諷。

「對妳就不必客氣了，因為我知道妳不會死的。」說書人將刀子插得更深，這動

作換來卡爾曼不連貫的喘息。

「可惡，難道你就不能減輕下刀的力道嗎？我如果沒流血死，也是被你插死的！」

「妳的要求還真讓人為難。」

他劃開傷口，從沾滿血污的碎肉片之中找到銀彈，小心翼翼的以鉗子夾取出來，再用毛巾覆蓋住傷口，使其止血。

「這樣妳就會恢復了吧？」說書人用平靜安慰的眼神看卡爾曼，不知怎麼，他想幫她減輕疼痛，但又覺得他不應該做，於是心裡有些懊惱與牽掛。

「哼，夜晚的魔鬼可沒這麼容易死……只要把你那顆東西拿出來，我就沒事了。」

過了一些時候，卡爾曼已能靠自己的力量起床，她不高興地把毛巾丟到說書人身上，露出一片光滑的肩膀，那些傷口早已癒合。

「你很奇怪耶，唆使人開槍殺我，卻又替我治傷，你到底在想什麼？」

「我只是做我想做的事。」

說書人不發一語地看著她，而卡爾曼也不發一語地看著他，死一般的寂靜壓迫著兩人，使得屋裡更加沉默。

當她靠近他一些，把他的瀏海撥開，低聲地問：「為什麼把臉遮住，不讓人看見你美麗的眼睛？是不是你太悲傷，在拋去人類身分後，就不願去看這個世界？」

說書人轉開頭，不為所動地回答，「好了，這遊戲到此為止，下次我絕不會再幫妳。」

「這句話是我要說的吧？身為魔鬼竟然欠你人情，實在太可笑了，不過我會想辦法還你的，因為我討厭輸給你的感覺。」

「我抱著遲早要跟妳分出勝負的信念，變成像妳這種怪物，過著悲苦的日子。身為始作俑者的妳卻沒有對我感到一些歉疚，這不是太不公平了嗎？」

卡爾曼勉強下床，她站穩身子，喃喃自語地說：「有人心的魔物，最終會因為愛而死。沒有人心的魔物，卻會因為祈求愛又得不到愛，最後在呢喃自己既無生存理

由，也無生存意義的情況下自尋死路……無論哪一個結局都太悲慘了。」

說書人聽見女郎的話，只覺得她不管說什麼都像挑撥和試探，也許是她的個性使然吧！

他沒有回答，自顧自的收拾東西，最後提起皮箱轉身要走。

她出聲叫住了他，猶豫地問：「施洛德，回答我一件事！為何你的內心能同時存在那麼多的複雜感情？我一直對你有興趣，最後甚至決定要你的靈魂，不惜切除你身為人類的羈絆……但是，我卻沒有真正贏過你的感覺，總是充滿挫折。」

「說不說有那麼重要嗎？」說書人為難的笑。

「不行，你一定要告訴我。」卡爾曼要求道。

說書人嘆口氣，轉身面向女郎，淡然地說：「因為我是人類。」

卡爾曼凝視著他，倒是一臉錯愕地說不出話了。

在歌劇院裡的安琴與恩斯特——

安琴被恩斯特抱在懷中，被他溫柔地守護著，直到她恢復知覺，才感到自己躺在舞台，全身發痠，並且疲累不已。

她撐起眼皮，看見恩斯特正焦急地看著她，於是開口問道：「恩斯特……我好像做了一場奇怪的夢，我看著你，想跟你說話，可是我卻被一堵牆擋著，不管我說了多少話都傳不到你耳邊……對了，戴維安先生不在這裡嗎？」

恩斯特扶起安琴，想跟她說點體貼關心的話，可是當他們四目相交，卻聽見她提及說書人之事。這使得恩斯特失望地站起身，背著安琴陷入沉默。

「恩斯特？你怎麼了？」

「沒事。」他冷冷地回答，「我要問妳一件事，這將決定我們以後的關係……妳之所以花這麼多的工夫，費這麼大的心力到這裡演戲，到底是為了誰？是父親，還是那個男人？」

眼看安琴如此掛念著說書人，恩斯特失去理智，變得善妒易怒。

安琴心思迷亂地看著恩斯特，還摸不清楚他為何這麼說話，就被他緊緊抱住肩膀，無法逃離他的掌握，「我聽不懂你說什麼，快點放開我啦。」

「妳是為了那個男人才會迴避我的真心，說到底，妳就是不能把他忘記，對不對？」

「你到底要說什麼？」

「安琴，在妳的心中，我究竟是什麼呢？妳這樣若即若離，讓我一再難過，逼得我不能不做出決定……不管妳選擇誰做為妳愛情的信仰，我都不會讓妳離開我。就算這麼做是錯的，等妳喝下靈藥，就會明白我的感情。」

安琴困惑地眨著眼睛，像受到突如其來的打擊，只是張大眼睛看著恩斯特發白的嘴唇不斷閉合。她見他仰頭喝下不知名的藥瓶，來不及發出聲音，隨即被他以苦澀的吻堵住嘴唇。

兩人初次的吻，竟是混合了曖昧不清的感情，當他們輕嘗一口彼此唇瓣的味道，

發現又是酸又是苦，有如百感交集。

安琴壓根沒想到恩斯特會強吻她，以致她沒有抵抗，錯愕地站在原地，任對方的唇肆虐她的意識，進而將某種滾動的液體灌到她嘴裡。

「為什麼……」安琴艱澀的開口說話。

她感到唇中有恩斯特的氣息存在，卻不明白為何他要吻她，而她這個疑問，也將不會得到解答了。

當安琴被恩斯特強迫喝下藥，她眼睛一閉，隨即倒在恩斯特懷裡暈昏過去，連他自恨自責的神情，她也都看不見了。

說書人漫步於科米希城內，清淨的空氣與淡薄的霧讓人心情平靜，他沒有自覺的走到聳立著華美洋館的街道。

憶起昨日夜晚的騷動，他心中有些在意與牽掛，不知道那些被他搞得一團亂的事情進展如何，還有安琴與恩斯特是否平安回到家了？

他越想，就越覺得自己不負責任。

雖說他向來不對自己做過的事感到一絲懊悔，可若不是他應安琴之邀留在這戶人家，魔鬼不會找上門跟他玩遊戲，他也不會被捲入安琴與恩斯特這場鬧劇般的紛爭，變成破壞那對歡喜冤家的第三者。

所以，他還是離開這座城市比較好吧，雖然這個動機是為了滿足他自憐的幻想，但是他相信這樣做對任何人都好。一個帶著沉重過去的可悲男人無法使幸福降臨在人群裡，而是可怕的噩運，如果他為兩人帶來的不幸只有這樣就好了。

在這世上，他最大的苦痛也就是魔鬼為他帶來的苦痛，從他變成說書人之後，所嘗到的無盡悲苦都是由魔鬼造成的。當然，在他生命中最值得掛記的存在就是魔鬼，若是魔鬼就此消失，這個世界變成他所不習慣存在的地方，將不再是他生命的一部分。

說來可笑，魔鬼那傢伙在不知不覺中，竟然成為他生存的一部分。他無法想像魔鬼消失的一剎那，他究竟會有什麼感受。

說書人想到這裡就再也忍熬不住了，他討厭自己這麼愚蠢的念頭，於是深呼吸，打算走到舒赫伯爵家的洋館大門，偷瞧一眼裡面的情況。就算他怕見到安琴，相信他們也會受歌劇效應影響，再次將他遺忘。

他振作精神的邁開腳步，聽見裡面傳來恩斯特呼喊安琴的叫聲，說書人從那聲音聽出一些不尋常的端倪，立刻飛快地奔進洋館。

大廳一群受驚失措的人正在原地踱步，人人臉上寫著焦慮不安，好像剛經歷過一場暴風雨。

說書人吃驚的看著恩斯特，他倒在椅子上，臉色發白。然而躺臥在長椅上的安琴卻睡得很熟，好像她四周的人也陷進一種安眠之中，她緊閉著雙眼，任侍女們去搖也絲毫不醒。

舒赫伯爵與羅蘭管家見到說書人，連忙迎了上去，「你可回來了，昨天那場騷動之後，我們四處找不到你。怎麼樣，有找到化身為女人的魔鬼嗎？」

「這究竟是怎麼回事？」說書人搖頭，然後走到長椅去摸安琴的臉，發現她的面頰冰涼，便走向恩斯特面前，握住他的手腕問道：「你們在歌劇院受到誰的襲擊，才讓她變成這樣？」

伯爵與管家默然不語，他們將視線投向恩斯特，嘆了口氣。

恩斯特沉默低頭，不願對說書人透露隻字片語，說書人便用力握他的手腕，生氣的罵他，企圖用力量逼他說話。

於是，恩斯特忍不住的說道：「她不見了，我沒有機會向她道歉，她就這樣走了。」

說書人聽得莫名其妙，便惱火地問：「你糊里糊塗的究竟在說什麼？」

恩斯特被說書人嚴肅的聲音嚇了一跳，便哽咽著說：「我讓她喝了卡爾曼小姐給我的特效藥，結果她喝了以後卻長眠不起……不應該是這樣的，喝了愛情靈藥的女子，不是會愛上餵她藥的男子，共結美好的愛情嗎？」

說書人見恩斯特神情迷惑的抬頭問他，他沒給恩斯特半點同情，而是揪住這慌亂青年的衣領，惡聲咆哮道：「你從那個女人手上得來的藥時，有沒有簽過像契約一樣的文件？」

恩斯特看見說書人灰藍色的眸燃著怒火，他在惶恐中掙開說書人，全身無力的喘氣，「就算我簽了那種契約又怎樣？跟安琴又有什麼關係？」

「你就這樣聽了她的話，相信她承諾你的謊言？」說書人氣急地說：「昨天你應該看見，那個女人是魔鬼，她說的任何話都是為了引誘你走進陷阱，你為什麼會上當？」

「我……我不知道，我以為那是你們在演戲。她是個美麗的女人，怎麼會騙我？她為了幫助我可憐的愛情，特地把祕藏的靈藥給我，怎麼會讓安琴昏過去？我不懂，我不懂。」恩斯特臉色慘白，說話語無倫次，好像得了失心瘋。

說書人握緊手，氣急敗壞的大叫，「不管她昏過去，還是死了，你都要把詳細的情況告訴我，除非你真的想讓她死！」

恩斯特自知犯下大錯，於是在說書人面前選擇說出真相，「安琴醒來的時候，她急著要找你，我因一時的嫉妒餵她喝下靈藥，沒想到因此失去安琴……她變成這樣真讓我心痛死了，怎麼辦，我要怎麼救她才好？」

「原來如此……我不想責怪你什麼，陷入愛情的男人本來就會變得又蠢又笨，但是臣服於魔鬼誘惑的你，沒有資格得到真愛。」說書人冷冷地說。

說書人對引誘凡人犯罪的魔鬼，感到怒不可遏。沒想到那傢伙神通廣大，竟然以柔弱的外表騙了自己，他絕對不放過齊格弗里德！

羅蘭管家說：「戴維安先生，我們若有冒犯你的地方，請你見諒！但是聽了你們的對話，也大致明白安琴沉睡的原因，你有什麼辦法？」

說書人說：「這件事有點不妙，不過在下會盡力而為。雖然我跟那傢伙已經鬥得天翻地覆，我向各位保證，一定揪他出來解決這件事。」

以舒赫伯爵為首的一群人，見說書人臨危不亂，還擁有高貴的氣質，優美的談吐，他們不禁安心許多。

這個時候，說書人不經意地將視線投向半敞的大門，在那短促的搜尋之中，他的眼光落到站在花園院落的一個黑影。當他尋到影子臉上微笑的神態，便面色鐵青的追了出去。

說書人順著路跑到花園門口，一口氣拚命地跑出洋館，在冷清的街上見到他難以忘記的身影。除了金色長馬尾，雪白圍巾，黑色長外衣之外，他再也想不出還有哪個

該死的男人擁有這些特徵。

「站住，你故意站在那裡，就是要引我出來。現在我出來了，你還不站住嗎？」

男人頭也不回的轉過街角，直到說書人橫過路走到他面前，他便伸手抓住說書人的手臂，露出爽直的微笑。

「真想不到，你居然對我這個男人如此有興趣。在下要是不陪你，那還說得過去嗎。」

說書人從穿著黑外衣的男人手中掙脫，壓下氣忿的情緒，沉聲道：「你倒是捨得變回原來的樣子了，齊格弗里德，這次不當女人了嗎？」

齊格弗里德一副喜歡看說書人生氣的樣子，他雙手環胸站在牆邊，用一種故意激怒對方的口吻說：「我好想見你啊，你呢？」

說書人揪起齊格弗里德的金邊衣領，一拳就要揮下。

「我不要再忍耐你了，如果我再漠視下去，你以為你就這樣征服我了？」

「難道不是嗎？不然你怎麼一看到我就發瘋似的追過來，我可沒勾引你。」齊格

弗里德一臉不屑地看著說書人，對他傲慢的微笑，「我很抱歉，但是我有話要跟你說。」

說書人僵著臉色放開齊格弗里德。

「我很感動呢，沒想到魔鬼竟然也有人類的感情。」說書人話聲一落，口氣變得譏嘲，「你不是個純粹的魔鬼，不但擁有屬於人類的部分，還懂得憎恨和嫉妒。你會記恨，對人類念念不忘，豈不是充滿了人性？」

齊格弗里德聽了說書人的話沒有惱怒，向他說道：「我知道你想說什麼，但上次我被那個女人射了一槍，心裡一直不服氣。要我給你解藥救她，門都沒有！你傷害了我的尊嚴，還要我幫你……你把我當成什麼？」

說書人解釋道：「你應該知道射你的人是我，那女人只是被我利用罷了，我們之間的恩怨跟凡人無關，快把解藥給我！」

「一旦喝下那個愛情靈藥，就要有我的解藥，加上真心愛她的男子之吻。否則過了午夜十二點，那女人的靈魂就要歸我所有……」齊格弗里德朝著說書人勾了勾手

指，「別忘了這也是遊戲的一部分，只要我贏就能嘲笑你的無能，你覺得我會輕易放過這個機會嗎？」

「快把解藥給我！」說書人打斷他的話。

齊格弗里德扭開頭，頑固道：「我如果不給，你能拿我怎麼樣？」

說書人咬牙切齒的看他，過了會便壓下那些憤怒，冷笑了一下。

「你玩得太過火了，小心惹火上身。」說書人把手靠在牆邊，身體微微傾斜，以銳利逼人的目光壓迫齊格弗里德，讓他無法從自己身下逃開。

「我就喜歡激怒你，乾脆我讓你更生氣一點吧？」齊格弗里德神情愉悅的靠在牆上，「看在欠你人情的份上，你若接受我一個條件，我就把解藥交給你，讓你帶藥去救人。」

「什麼條件？」

「你替我做一件事，至於做什麼事由我決定，你覺得如何？」

「好，把解藥給我吧。」說書人明知這是齊格弗里德危險的要求，他仍然毫不猶

豫的答應。

齊格弗里德從外衣口袋拿出一小瓶藥，將它放在手心，要說書人自己動手來拿。等說書人伸手拿取後，他卻露出一個狡滑的笑容，狠扣住對方的手腕不放。

「施洛德，你答應我的事最好不要反悔，否則我會讓你徹底絕望。」

說書人掙開他的掌控，卻在轉身的時候，聽見齊格弗里德警告的聲音。

「我不是跟你說笑，假使你不聽我把話說完，等一下你就可以回去辦喪事了！施洛德，我給你的藥，隨便吃可是會死人的。」

說書人轉身瞪著他，「齊格弗里德，如果你敢騙我，我會開槍射死你，最好試試看？快把用法告訴我！」

齊格弗里德大笑，「真沒耐性的男人，好，我告訴你用法。這罐藥要用嘴來餵，女子服下後會愛上吻她的男子，但是吃了藥也有一半機率會死，你最好考慮是要救人，還是害人。」

「這跟你拿給恩斯特的愛情靈藥有什麼不同？」說書人謹慎地看著他。

「當然不同，這是測試真愛之吻的靈藥。你想想看，彼此沒有愛的佳偶抵擋不了現實的考驗，當然也不可能冒著生命危險去做這件事，不過若他們有愛，你還怕他們過不了這關考驗嗎？」

說書人醒覺，原來他被齊格弗里德耍弄著玩，於是氣憤地要去抓對方衣服，卻在剎那間聽見那道熟悉的惡劣笑聲，伴著黑服男人消失在他面前，就像掠過他身旁的濃霧。

「施洛德，別忘了你欠我的事，只要我想到要做什麼就會來找你……在那之前好自為之吧。」

說書人站在原地，沉默無語的咀嚼齊格弗里德的話。雖然他對那傢伙真是又恨又怨又生氣，可他必須把握時間，在午夜之前讓安琴喝下解藥，否則被邪惡詛咒束縛的少女靈魂，就無法由青年的愛加以拯救了。

說書人回到伯爵家中，將用法告訴恩斯特，並說：「你要有必死的覺悟才能服藥，否則你對安琴的愛不夠堅定，只會加速你的死亡。」

舒赫伯爵、羅蘭管家、恩斯特、阿德里安、安瑟等人齊聚在安琴房間，他們聽說書人說了這樣的話，覺得非常不可思議。

恩斯特對說書人尚有一絲懷疑，加上他吃過魔鬼的悶虧，不知道該相信什麼才好。

說書人看著陷進一片沉默的四周，他聳聳肩，歉然地笑道：「既然沒有人要試，就由在下試試看好了。說不定安琴小姐會在我真愛之吻的魔力下，恢復意識後愛上我……」

「你這個混帳，居然抱著這種不良企圖，安琴是我的，我就是死也不會把她讓給你！」

恩斯特看見說書人側身坐在床邊，旋開藥蓋，要用嘴餵安琴服藥時，他腦海一片空白，心中再也沒有任何遲疑，當場從說書人的手中搶走藥，親自將藥灌入安琴口中。

說書人唇角浮上一道得逞的笑意，他知道恩斯特為了安琴，一定會不顧自己性

命，也要親自去救心愛的女子。

幸好他的激將法有用，不然他就得親自下場用吻救人了。

安琴由恩斯特餵下藥之後，漸漸恢復了意識。她張開眼睛看見一群人站在房間，擔心地看著自己。特別是恩斯特坐在床邊照顧她，他那擔心的模樣深深烙進她的腦海，彷彿沒有其他男人比得過恩斯特重要。

恩斯特驚喜地看著她，「安琴，妳醒了？」

安琴從暈昏的意識抓住一道最強烈的念頭，隨即起身抓住他的手臂，抱著他突然大哭道：「嗚哇！恩斯特，好恐怖，真的好恐怖，我好像做了一場可怕的惡夢，你終於來救我了！」

恩斯特自知有錯，他見安琴哭成淚人兒的模樣，心中感到懊悔不已，緊緊擁住她，安撫道：「安琴，對不起，這次是我錯了！直到失去妳，我才發現妳在我心中的地位，只要妳在我身邊，我什麼都不要了。」

安琴抬頭看他，被他溫柔地用手抹掉眼淚，臉上不禁一片紅潤。

也許是受到靈藥的影響，就算安琴不曉得怎麼表現心底真誠的情感，卻明白恩斯特有愛她的那顆心。

即使拙於言辭，安琴也忍不住地對恩斯特說：「恩斯特，我做惡夢的時候，一直覺得我沒辦法醒過來，那我就再也見不到你了……如果真是那樣，我一定會遺憾死的，因為我有好多話要告訴你。」

恩斯特愣了一下，「……妳要告訴我什麼？」

「我……我沒有話要說啦。」安琴看房間有好多人，便怯怯地說。

「妳剛才說了這麼多話，還沒講完，不說下去嗎？」恩斯特問。

兩人看著彼此的眼睛，從自己體內聽見鼓動的心跳聲，害羞地低頭不語。

一屋子的人看著安琴與恩斯特的反應，不禁會心一笑，看來遲鈍的兩人再怎麼好事多磨，終於到了心意相通的一天。

說書人見狀，語帶誠懇的對舒赫伯爵請求道：「舒赫伯爵，請您聽在下的一席話。這兩人對彼此都有好感，卻在一連串無事生非的情況選擇逃避對方，他們若沒有

一路的誤解紛爭，將不知道彼此深愛著對方……依在下之見，您不如同意他們結婚。」

舒赫伯爵嘆一口氣，他看一對兒女相愛，只好說：「唉，你都這麼說了，我還能講什麼呢？這些日子發生的事情讓人無法理解，但我知道要是安琴沒有醒來，恩斯特一定會比現在更難過！」

「他們的感情已是無法改變的事實，我們做父親的也只好認了。」羅蘭管家失笑道：「看來我們得同時辦兩對新人的婚事了。」

恩斯特看向父親，感恩地說：「父親，差點失去安琴讓我很難過，但能得到您的認同，卻能讓我高興得不得了！謝謝您，我們不會讓您失望的。」

阿德里安與安瑟握緊彼此的手，臉上浮起喜悅的微笑。

對他們兩對佳偶來說，能夠完成四人的終身大事，讓整件事有了圓滿結局，真是皆大歡喜！

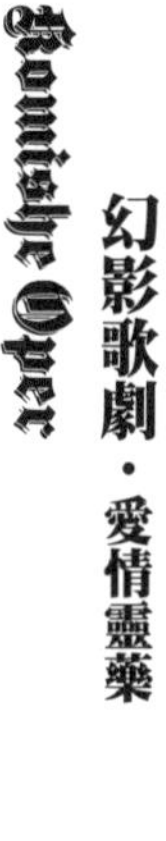

一個月後，舒赫伯爵為兩對新人選在剛建成的花園行館，舉行盛大的結婚宴會。兩個新郎從新娘父親的手中，接過兩個新娘的手，引領她們穿過拱門，此後開始迎娶過程。新娘們隨著熱鬧非凡的嫁娶氣氛，與一群送親的隊伍走到行館，接著舉行婚慶喜宴，再由證婚人見證這場合法的婚姻，最後完成繁複鋪張的結婚儀式。

說書人站在行館靜僻的角落，望著遠方那片蒼茫的景色下，兩對穿著華美禮服的男女看著彼此，譜出屬於他們甜蜜的新婚樂章。看了好一會，他深深嘆口氣，這些因愛而結合的人，想必是世界上最幸福的人了。

凜冽的風吹向說書人，把他的西裝吹得不斷擺動。他撫平變亂的瀏海，臉上依舊毫無表情，他站得遠遠的，似乎從那些人身上看見他曾奢望做過的美夢。

他緊緊皺了一下眉頭，回想自己幸福終止的那刻，他也曾相信他擁有過幸福，可

是他歷經太多悲劇，已不再渴望再做美夢。

那麼，他又為何如此眷戀地站在這條石徑小路，甚至臉上帶著他察覺不到的淺淺笑意呢？說書人搖搖頭不去想，吸了幾口甜美溫柔的空氣，他的眼睛注視那些臉上洋溢著幸福的男女，內心的傷感就更加深刻。

突然，一道慵懶的嗓音在說書人身旁響起，「施洛德，你在這裡發呆，好像很羨慕這場婚禮。我就不懂愛情有什麼好，用世俗的儀式來束縛生命的自由，那真是凡人的幸福嗎？」

說書人不回頭，也知道這個無時無刻纏著自己的聲音究竟屬於誰，當他往身邊男人的黑服瞄了一眼，便說：「齊格弗里德，我也不懂你為何要殺我的妹妹和瑪麗安娜。你把她們殺了，用詛咒與仇恨來束縛你存在的自由，那也是你的幸福嗎？」

齊格弗里德不似以往輕浮的微笑，這次他很誠實地回答，「那些腦子只有愛與慾望的女人，根本配不上你。我認為普天之下，只有我才適合成為你的夥伴。」

「在下很遺憾，你還是沒有理解我的心，那麼不管你問我幾次，我對你的看法不

可能改變，你永遠只能活得這麼扭曲。」

「我不相信，如果連瞭解並深入人心的我都不能理解你，那我究竟要瞭解到什麼程度才夠？」

「如果你不能做到傾聽、認同別人心聲的程度，不管你講出多麼正確的結論，那都不是我認為的真理。」

「什麼意思？」齊格弗里德問。

「對我而言，你始終未能傾聽我的心，而是光憑自己的喜好決定我的人生，單講這一點，我即使死都不可能認同你。」

齊格弗里德不高興的反駁說：「你錯了，我比誰都懂你的心，那是你的一面之詞，因為你想擺脫我，只可惜你永遠做不到。」

說書人搖頭苦笑，「看來我跟你之間怎樣也不能和平共存，從以前到現在，我們只能在遊戲理解彼此心態的狀況，似乎永遠無法改變。」

齊格弗里德很氣說書人這麼固執，但是也無法回駁什麼，因為說書人講的確是事

實！於是他便進一步的追問：「那麼，我要怎麼做才能接近你的心？」

說書人見他用如此認真的神情望著自己，不禁猶豫了一下，「我可不曉得這種事該怎麼講，連我都不懂自己為何要跟你說這些話，簡直怪透了。」

「可你還是說了啊。」齊格弗里德一頭霧水。

說書人故作神祕的看他，笑了笑，「我可以告訴你，我其實不希望你接近我，因為我不可能原諒你曾對我做過的事。在某種情況，我卻又希望你能夠明白人類的心……齊格弗里德，你別玩弄人類，他們永不會受你擺佈。」

齊格弗里德不懂說書人複雜的心境，在急於理解他之下，走到他面前，注視他被日光照亮的臉孔，從灰髮男人佈滿憂鬱的眼眶，看出他內心的壓抑。

說書人冷冷地回視齊格弗里德的紅眸，他不曾好好看過這雙眼睛，也有些詫異，這眸子竟是如此晶瑩——或許，他從來沒有拋開自己的身分，正視過齊格弗里德一眼吧。

是啊，回想至今，他們總是猜疑彼此，否定對方的一切。他們這兩個性格不同的

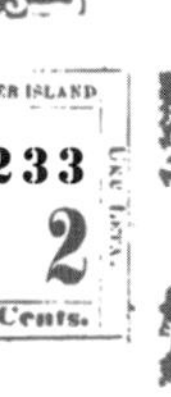

人，尋求與探索事物的方式像是在互問，卻又不給彼此答案，看來他們真沒有相處融洽的一天呢。

說書人觸及齊格弗里德帶著急躁的目光，低聲笑了一下，「這麼說吧，你找我玩遊戲，藉由我的行為而嘗試瞭解愛，但是你絕沒想到你深入人心，將他們的感情玩弄於股掌，竟然也有無法明白的事。你不會瞭解我，一如我不想瞭解你，既然如此，你何不終止這個沒有輸贏的遊戲？」

齊格弗里德覺得說書人可恨極了，老是對他說這種似是而非的話，明明只要一句話就可以解決的問題，這個人卻非要囉唆地講個沒完沒了！

「這是我聽過最爛的笑話，難道你想看我像傻子一樣，高嘆愛的神聖？」

「那可不一定，也許你有一天會厭倦殺戮遊戲。」說書人說：「你本來想引誘人類變得不幸，但是你始終沒有一次如願，難道你不好奇為什麼你會失敗？」

「別忘了，我是魔鬼，無論如何都不會被人類的感情左右……不過，我的確很好奇，即使我瞭解人心，斷明一切真善偽惡，還是不明白他們的所做所為。」齊格弗里

德望進說書人眼底，直白地說：「我現在最想瞭解的，還是你的心。」

說書人與齊格弗里德的視線相交，他內心不禁感慨起來。

憶起過去，他試盡各種法子要殺齊格弗里德，卻總是徒勞無功。雖然問題出在自己身上，說書人卻想不出應變的方法，他知道齊格弗里德有著和他極為相似的想法，導致他只要略施詭計，對方就能輕而易舉地識破他的心思。

說書人聽齊格弗里德說不懂他的心，說書人聽齊格弗里德說不懂他的心，他的內心頗感猶疑，不禁想知道這個男人究竟要瞭解自己什麼。或者該說，他有什麼地方是齊格弗里德感興趣的？

他知道他們是敵人，也是最貼近彼此想法的兩個人。即使站在敵對的立場，他們的內心深處卻有相似的念頭——無論如何都要否定對方的信念，永遠以奚落與鄙視來面對。

自從兩人簽下血之契約後，時光不斷流逝，說書人對齊格弗里德的仇恨，卻始終難以化解。如果要他做出選擇，與其對魔鬼寬容，他寧可跟對方同歸於盡，畢竟這是

他們難以逃避的命運。

說書人覺得有些困惑，有些迷惘，當他思考除了殺死齊格弗里德之外，還有什麼方法可以懲治那傢伙時，一個惡毒的復仇念頭竄進他的內心，讓他原本絕望的心境變得通達開闊。

一個帶給凡人絕望的魔鬼，若是反被人類引向絕望的深淵，想必魔鬼一定窘不堪言。他不會想到自己向來厭惡的事物，居然成為他迷失的主因，這有多諷刺。

想著齊格弗里德陷在愛中，困窘苦惱的模樣，說書人止不住思緒如齒輪般瘋狂轉動，覺得再也沒有方法比殘虐對方的心還要教他快樂。

如果讓齊格弗里德瞭解愛而絕望，進而陷在他的復仇烈火中被熔化殆盡，那一天才算是自己徹底復仇的日子。

說書人忍住湧到唇邊的笑意，以低沉柔和的聲調說：「不然這樣吧，你再跟我玩一次遊戲，這樣你就會知道，為何我在你的處處壓迫下，仍然選擇相信愛。」

齊格弗里德用嘲笑的口吻說：「你錯了，我一點也不想知道那些沒有意義的東

西，我只想看你絕望與無力的樣子。」

說書人巧妙地利用齊格弗里德傲慢的態度，試探道：「我知道你拒絕相信正面理念，但是我心中卻對你懷著困惑。像我們這麼矛盾的兩個存在，不是應該要好好瞭解彼此嗎？」

齊格弗里德猶豫了一下，說：「這種遊戲沒有賭注，玩起來沒意思。」

「怎麼會沒意思呢？如果你贏了下一場的遊戲，不但有權處分輸家，還能要求對方為你奉獻一生的時間……你覺得如何，想賭一下嗎？」說書人臉上浮現一道挑釁的微笑，隨即伸手，挑起齊格弗里德圓挺的下巴，逼對方看著自己。

一道暖和的微風吹開說書人的瀏海，使齊格弗里德睜大雙眸，無法置信的看著這個男人。他不禁抿直唇線，覺得說書人的眼神不像過去那麼仇視自己，反而充滿引誘，讓人難以抗拒。

「不要嗎？」說書人輕啟薄唇，低沉的聲嗓拂過齊格弗里德耳邊，見他顯露不自在的神情，說書人將身子靠得更近，動作也更大膽。

「你在說什麼……我一句話也聽不懂。」齊格弗里德沒有察覺自己臉上泛著的紅潤，語氣強硬道。

「難道……你不想得到我的身體和靈魂？」說書人注視著他的反應。

「當然要，而且只有我可以得到你！」齊格弗里德對自己想也不想就脫口而出的行為感到有些困窘，他咳嗽幾聲，改口說：「不過……即使我要，你會給我嗎？」

「你想要什麼東西，就憑你的本事來拿，這並非難事。」灰髮男子勉強止住笑，眼底快速掠過一道富有心機的陰暗。

他之所以改變態度，用近似討好的方式對待齊格弗里德，絕不是他放棄復仇。相反的，他要對方毫無知覺地跳進這美麗而綿密的羅網，等齊格弗里德飛不出他手掌心的時候，就該由這傢伙任人宰割了。

齊格弗里德不習慣說書人對他溫和的笑，不悅的撥開說書人放在他臉上的手，說道：「你以為我會答應你？別把我當成笨蛋，我要離開這座城市，才不相信你說的話。」

「是嗎，真可惜。」說書人淡然道：「我會等你的，不管過多久都等。」

齊格弗里德在意的看著他，面頰有些僵，過了一會便轉身離開。

說書人站在原地，屏息地等待金髮男人的回答。

齊格弗里德停下腳步，面帶猶豫地轉身。

他的眼光落在說書人臉上，被那道溫和的微笑怔得反應不過來。他開始懷疑自己早就被說書人勸服，卻又不肯承認，於是裝成冷淡的樣子，輕聲說了再見後離去。

說書人對齊格弗里德的行為感到驚訝，以及有些不可思議。他以為兩人無法相觸的思緒，不但像迴旋的圓舞曲，同時也是永遠也不可能交會的兩條平行線。他沒料到，隨著他們一次次的交鋒相接，竟令單純的遊戲泛起微妙的氛圍。

他嘆了一口氣，心裡覺得有些好笑，沒想到他竟如此期待與齊格弗里德的相遇，也許在這場追逐遊戲中，變得投入與執著的人不只是他吧。

說書人跨出腳步，走向被群眾圍繞的神聖婚禮，他從提著花籃的侍女手中接過一朵玫瑰花，向她致謝。

侍女見嬌美的紅玫瑰在說書人手中，頃刻間變成蒼藍色的玫瑰，她揉揉眼睛，不敢相信的看著他。

說書人輕吻一下玫瑰花瓣，唇邊帶著歉然笑意的走出婚宴會場。

他知道佳偶們將有個浪漫的新婚夜，這場被搗亂的愛情喜劇，也能落下皆大歡喜的紅帷幕。

「哎呀，城裡辦喜事，想必沒有一間飯館子開門了。不過沒關係，願意用一頓好酒與好菜請我說故事，因為這裡是歌劇之城嘛。」

說書人吸了一口舒爽空氣，隨興地走進人群，去物色他今天的金主了。

幻影歌劇～愛情靈藥～完

敬請期待《幻影歌劇》公主夜未眠

無所不能的魔鬼，遇上對他窮追不捨的說書人，兩人之間的你爭我奪追逐戰，開始有了白熱化的發展——魔鬼對說書人提出一個關於真愛的打賭，說書人企圖將魔鬼引入真愛的陷阱。

各懷鬼胎的兩人，來到遠離歌劇之城的寒冷國度。

一位如薔薇般美麗多刺的冷血公主，自幼被魔女詛咒「感覺不到痛苦與快樂」。體會不到真愛的公主，在陰錯陽差下，遇見對愛帶著無比憧憬的王子。

在魔鬼的離間，說書人的相助下，真愛究竟能否帶來奇蹟，破除詛咒？

您好，又來到一齣歌劇的尾聲。

我的名字叫做齊格弗里德，是您最忠實的解說者，與那位頑固死腦筋的說書人戴維安先生不同。我聰明，善解人意，加上愛出鬼點子的壞毛病，使我成為歌劇之城眾生為之傾倒，充滿魅力的存在。

閣下，您對說書人的事有興趣嗎？我想您不會對一個四處流浪的藝人有好感的，聽說他行蹤成謎，相當神秘。好了，我們與其談他，為何不來聊聊下一場即將上演的節目內容？

我為您介紹，這是一個發生在現實的童話故事。有一個被魔女詛咒的美麗公主，她的一生感覺不到自己的快樂與悲傷，這樣的缺陷讓她成為一個冰冷、殘酷、無情的女人。

她吸引無數的男子瘋狂迷戀著她，最後趁他們向她求婚的時候，在人民面前斬首，這位公主很可怕吧？

當魔鬼偽裝的女巫悄悄出現在公主面前，跟她簽下一個契約。如果公主將真心愛

她的靈魂獻給魔鬼，她身上的詛咒就會消失。

一個像月亮般秀麗的公主竟然痛恨愛，不肯相信有真愛的存在，她扭曲自我，拒絕相信有能夠拯救她的王子。但是，一個如太陽般光明的王子出現在公主面前，眼睛閃耀著愛情的光輝，以一顆濃烈的心企圖與公主來場猜謎遊戲！

這位公主，能否掙脫來自黑夜的絕望，歌頌愛的美好呢？

喔，觀眾已經散場了，請容許我暫先離開，祝您有個美好的夜晚，再見。

「我說，親愛的戴維安先生，你為什麼看見我，要老擺張臭臉呢？適時露出迷人的微笑，對你的招攬生意比較有幫助啊。」

「少囉唆，你什麼時候改行當劇情解說員了？那是我的工作吧？」

「偶爾換人做做看也不錯啊，難道你嫉妒我傲人的風采，怕全城的少女只顧著注意我，把你給疏忽了？放心吧，我的眼中只有你的身影，沒有一刻不想著你哦。」

「你敢講，我還不敢聽，怪不得有人說，穿白西裝的男人說話真是滿嘴的甜言蜜語。」

「這不是白西裝，是白色燕尾服。」

「我不想跟你討論你穿什麼衣服，請你不要糾纏我。」

「別這樣嘛，我現在挺有空的，不如我們放下工作，一起去逛逛吧？」

「懶得理你。」

「如果你不理我，我理你總可以了吧？戴維安先生，你要去哪裡？別把你最好的朋友丟在歌劇院門口啊……」

Komische Oper

作者後記

Herzlich willkommen，Komische Oper！

各位讀者日安，我是烏米，感謝大家購買第四集。

很高興終於出到這一集，代表又能多講一些說書人與魔鬼的故事，也是我給自己的一個期許，希望這部作品可以出版到最後一集！

祝福我的編輯，恭喜他在這一集當中，像安琴與恩斯特一樣順利結婚了！記得婚禮當天他像執事一樣英俊，所以我去觀禮順便取材（笑）。

本集來談談作品的架構。

作者後記

在自己的想法中，整個作品分成三部與最終完結的一集，目前進展到第二部。第一部主要交代說書人的過去，以及對魔鬼的想法，兩人從過去到現在的因緣等，第二部要說的，是他們從各種不同的際遇，逐漸被改變的想法與立場。

最後一部才會說到兩人的未來……雖然我很懷疑有這種東西嗎？但是，發現喜歡這兩個人的讀者似乎不少，謝謝你們不嫌棄這個一集比一集還要糟糕的作品（笑），我和綠川明老師會努力到最後一刻的！

下一集的故事，當然也有說書人與魔鬼之間的衝突，到底說書人與魔鬼各自的願望能不能實現？以及他們又將扮演什麼角色呢？

小小透露一下劇情，被魔鬼監禁起來的說書人已經夠慘了，卻還要被魔鬼惡劣地調戲？想知道他們究竟發生什麼事，請別錯過下集的《公主夜未眠》哦！

Auf Wiedersehen！

繪師後記

各位讀者好，我是綠川明，再次感謝各位的購買與閱讀！

這集封面也是第一次不是說書人也不是魔鬼，個人很喜歡安琴跟恩斯特這對歡喜冤家，所以這兩人能夠得到幸福真是太好了……

另外為了補償（？）喜愛說書人與魔鬼的讀者們，這次內頁插圖都是滿滿的兩人。個人很喜歡本集反守為攻的說書人（笑）。另外偷偷透露，封底的大象其實是我跟烏米老師的個人喜好。

下一集說書人與魔鬼還會有如何戲劇化的發展？今後也請各位讀者繼續閱讀下去！

☞您在什麼地方購買本書？☜

☐便利商店__________ ☐博客來 ☐金石堂 ☐金石堂網路書店 ☐新絲路網路書店

☐其他網路平台__________ ☐書店__________市／縣__________書店

姓名：__________ 地址：______________________________

聯絡電話：__________ 電子郵箱：______________________________

您的性別：☐男 ☐女

您的生日：__________年__________月__________日

（請務必填妥基本資料，以利贈品寄送）

您的職業：☐上班族 ☐學生 ☐服務業 ☐軍警公教 ☐資訊業 ☐娛樂相關產業

☐自由業 ☐其他__________

您的學歷：☐高中（含高中以下） ☐專科、大學 ☐研究所以上

☞購買前☜

您從何處得知本書：☐逛書店 ☐網路廣告（網站：__________） ☐親友介紹

（可複選） ☐出版書訊 ☐銷售人員推薦 ☐其他

本書吸引您的原因：☐書名很好 ☐封面精美 ☐書腰文字 ☐封底文字 ☐欣賞作家

（可複選） ☐喜歡畫家 ☐價格合理 ☐題材有趣 ☐廣告印象深刻

☐其他__________

☞購買後☜

您滿意的部份：☐書名 ☐封面 ☐故事內容 ☐版面編排 ☐價格 ☐贈品

（可複選） ☐其他

不滿意的部份：☐書名 ☐封面 ☐故事內容 ☐版面編排 ☐價格 ☐贈品

（可複選） ☐其他

您對本書以及典藏閣的建議______________________________

____

____

✌未來您是否願意收到相關書訊？☐是 ☐否

✍感謝您寶貴的意見✍

✌From__________@__________

♦請務必填寫有效e-mail郵箱，以利通知相關訊息，謝謝♦

印刷品

請貼
3.5元
郵票

$3.5
不思議信箱
FUSIGI POST

235 新北市中和區中山路二段366巷10號10樓

華文網出版集團　收

（典藏閣－不思議工作室）

幻影歌劇
-komische oper-
-愛情靈藥-

烏米
綠川明

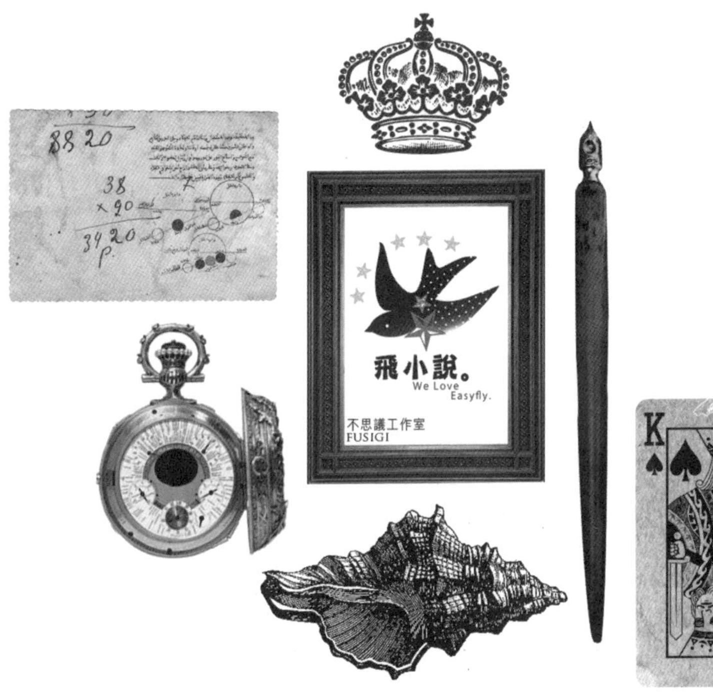

不思議工作室

「年輕、自由、無極限」的創作與閱讀領域

為什麼提到奇幻的經典，就只會想到歐美小說？
為什麼創意滿分的幻想作品，就只能是日本動漫？
為什麼「輕小說」一定要這樣那樣？

站在巨人的肩膀上，是為了看得更遠。
讓我們用自己的力量，打造屬於自己的文化！

不思議工作室，歡迎各式各樣奇想天外的合作提案。
來信請寄：book4e@mail.book4u.com.tw

不論你是小說作者、插圖畫家、音樂人、表演藝術工作者……
不管你是團體代表，還是無名小卒。
不思議工作室，竭誠歡迎您的來信！
官方部落格：http://book4e.pixnet.net/blog

我們改寫了書的定義

董 事 長　王寶玲

總 經 理　兼　總編輯　歐綾纖

出版總監　王寶玲

印 製 者　和楹印刷公司

法人股東　華鴻創投、華利創投、和通國際、利通創投、創意創投、中國電視、中租迪和、仁寶電腦、台北富邦銀行、台灣工業銀行、國寶人壽、東元電機、凌陽科技(創投)、力麗集團、東捷資訊

◆台灣出版事業群　新北市中和區中山路2段366巷10號10樓

TEL：02-2248-7896

FAX：02-2248-7758

◆倉儲及物流中心　新北市中和區中山路2段366巷10號3樓

TEL：02-8245-8786

FAX：02-8245-8718

幻影歌劇/烏米作. -- 初版. 一新北市：
華文網，2011.06-
冊； 公分. --(飛小說系列)
ISBN 978-986-271-153-8(第4冊：平裝). ----

857.7 100008286

飛小說系列016

幻影歌劇04-愛情靈藥

出版者■典藏閣
作　者■烏米　繪　者■綠川明
總編輯■歐綾纖
製作團隊■不思議工作室
郵撥帳號■50017206 采舍國際有限公司（郵撥購買，請另付一成郵資）
台灣出版中心■新北市中和區中山路2段366巷10號10樓
電　話■(02)2248-7896　傳　真■(02)2248-7758
物流中心■新北市中和區中山路2段366巷10號3樓
電　話■(02)8245-8786　傳　真■(02)8245-8718
ISBN■978-986-271-153-8
出版日期■2012年01月
全球華文國際市場總代理／采舍國際
地　址■新北市中和區中山路2段366巷10號3樓
電　話■(02)8245-8786　傳　真■(02)8245-8718
新絲路網路書店
地　址■新北市中和區中山路2段366巷10號10樓
網　址■www.silkbook
電　話■(02)8245-9896
傳　真■(02)8245-8819

線上總代理：全球華文聯合出版平台
主題討論區：http://www.silkbook.com/bookclub　◎新絲路讀書會
紙本書平台：http://www.silkbook.com　◎新絲路網路書店
瀏覽電子書：http://www.book4u.com.tw　◎華文電子書中心
電子書下載：http://www.book4u.com.tw　◎電子書中心（Acrobat Reader）